ちくま文庫

花ゆらゆら

出久根達郎

筑摩書房

◎目次◎

花ゆらゆら

正月さま

福寿草

貧乏長屋の一軒だが、少年の家にだけ門松がない。右隣のおばさんは、「お米の匂いをここ数年かいだことがないよ」が口癖だが、事実、時分どきになると水をすする音が聞こえるほどの貧しさだけれど、それでも青々とした松のひと枝を入口に釘でとめている。どこの家も、そこそこの飾りつけをしている。

「ぼくんちだけ正月さまがこない」と少年がひがんでいると、「おめでとよ」と入ってきたのは、長屋の住人の「縁起屋さん」だ。

やせた品のよい老人だが、なんでも終戦直後の看板屋さん時代に、商売用のメチルアルコールを飲んで失明してしまった。酒は今でも大好物で、朝から飲まない日はない。まして今日は元日、どんなに酔っぱらおうと誰に気がねもいらない。もっとも縁起屋さんには口うるさい家族はいない。独身である。

老人も、少年の家にだけ門松がないのに気づいたようだ。しかし老人は訳を問わず、家族のゆき先のみ聞いた。少年の両親は福ゾウリを風呂敷にくるんで、深川の八幡さまに出かけたのである。初もうで客めあての商売であった。雑煮は食べたか、と老人が聞いた。

食った、と少年は答えた。実際は即席ラーメンだった。しかし母親が、ラーメンの汁にお麩《ふ》をちぎって入れ、ほら雑煮だよと言ったのである。

お年玉をやるぞ、何がほしい？　と老人が言った。門松がほしい、と少年は答えた。

よしよし、お前の家を正月らしく飾りつけてやろう、画用紙と墨はないか、と老人がせがんだ。少年は学校道具を持ちだしてきた。

老人は墨を含ませた毛筆で、画用紙に松竹梅の絵を描いた。ひと筆で、あっというまに描いた。別の紙に富士山と日の出を描いた。

門松も書いてやろう、そう言って、金もちが飾るような立派な松飾りを描いた。

「おじいさんは本当は目が見えるんだね」と少年は感動した。「絵を書く時だけ見えるのさ」老人が答えた。「縁起屋さんてなんのこと?」少年が聞いた。「ほら、ラーメン屋さんが新規開店するだろ? 鯛を抱えたエビスさまや七福神の絵ビラを贈るだろ? あの祝いビラを描く商売さ」「見えなくても正確にかけるんだね」「頭に図柄が入っているからね」

「福寿草がほしいな」

「お安い御用だ」老人が新しい紙に筆を走らせた。「あれ、これ、人間だね? ぼくのは花だよ」「福禄寿じゃないのか。なんだって?」

「福寿草だよ。お正月の花」「よし。今度はまちがいなく福寿草だ。それ」

開いているのと、ツボミと、二つ描いた。「だけどこれ、まっ黒だね。この花は黄色く咲くんだよ」「縁起よく黄金色と言ってほしいね」そう言って隅に茎だけを描いた。やおらポケットをさぐって、お酉さまの熊手に付いたミニ小判を取りだした。

茎の先端に置くと、満開の福寿草になった。

「これでお前んちにも、めでたい正月さまがきたぞ」老人が笑った。

福寿草――花言葉は「しあわせを招く」

11　正月さま

福は内

節分草

大きな家に住んでいた知人が、東京郊外のマンションに引っ越した。一人っ子のむすこさんが、思いがけぬ事故で亡くなり、何もかもいやになって、思い出の土地を離れたのである。

某日、私は新居先を訪問した。二ＤＫのマンションである。玄関を入った所の、はきもの入れの上に、平べったい植木鉢が置いてあった。荒い鹿沼土の中から、黄色い、椿のつぼみに似た花が顔を出している。

「福寿草ですか？」

そっくりなのである。季節も二月の初めだった。

「いやいや。これは節分草といってね。ちょいと栽培にむずかしい花です」

「節分草、ですか」

「そういえば今夜は節分じゃなかったかな」

「豆を買っておきましたよ」

奥さまが台所から顔を出した。

「ご近所では、もう始まりましたよ」

「君、この辺ではね、まだ豆まきの行事がすたれないんだ。嬉しい土地だよ。ほら」と唇に手を当てた。

耳をすますと、なるほど聞こえる。男の子の声で、福は内、福は内、鬼は外、とあちこちから聞こえる。戸外には夕闇が迫っている。

「君。悪いけど手伝ってくれないか。うちも負けないでやろう」

「豆まきですか。何年、いや何十年ぶりだろう。ちょっぴり恥ずかしいな」

「なに。最初の一声だけだよ。第一声さえ出してしまえば、度胸がすわるさ」

「やってみますか。久しぶりに子供に返ってみましょう」

「福は内」と知人が発声した。

奥さまが私たちにマスに入った福豆を渡してくれた。

「福は内」とどなって私は座敷にまき散らした。青々としたま新しい畳に、ぱらぱらとはぜるようにころがる。

「福は内、福は内。鬼は外」そう言ったとたん、知人が、うう、と嗚咽《おえつ》した。マスを畳に置いて、泣きだした。むすこさんのことを思いだしたのだろう。むすこさんは小学生のころ、節分に、こんなぐあいに豆まきをしていたに違いない。

「さあさあ、その辺でやめましょう。もう福は内にきていますよ」奥さまが座敷に卓をすえ、ビールを持ってきて、私たちに勧めた。

知人が泣きやみ、照れくさそうに私にビールを注いだ。

「おい、つまみがないぞ」

「はいはい。ただいま」

「つまみが来るまで、つなぎに遠慮なくどうぞ」おどけた声で知人が畳を示した。

「では遠慮なく」私は傍らにころがっている福豆をつまんで口に入れた。知人もそうした。

「こいつはいける」「いけますね」

私たちは鳩のように、せわしなくつまんだ。

15　福は内

妙な名前

オオイヌノフグリ

二十代の終りごろ、妙なアルバイトをしたことがある。電話一本でどんな疑問にも答えてくれるという、教育コンピューター百科なんとか、という会社のセールスであった。

会員制で、会員一人を勧誘すれば三千円もらえる。私は友人と組み、休日を利用して、会員獲得に歩きまわった。受験生がめあてである。一向に成功しない。千葉県佐原市一帯をまわった。東京より近郊の方が、新しいものにとびつくかも知れない、と単純に考えたのである。都会の雑踏に疲れたせいもあった。こういう当てのない仕事は、遊び半分にやるべきだった。それなら田舎のおいしい空気を思う存分味わいつつ、散歩のつもりでやろう、と東京をのがれた。

たまたま昼食に入った食堂の娘さんが、私たちの話を聞き、新しもの好きで子供の教育には、金に糸目をつけない、うってつけの人を知っていると言った。ちょうどその家に届け物があるから案内してやろう、と願ってもない話である。二十二、三の愛敬のある娘さんであった。

私たちは彼女のあとについていった。すぐそこだから、とアゴをしゃくるのであった。

春さきのことで、田んぼを吹いてくる風が、まだ冷たい。田んぼの中のあぜ道を娘さんは、どこまでも歩いていくのである。

あぜに青い色の、バッジの形をした花が、たくさん咲いている。女の子の遊び道具の、オハジキをまきちらしたようである。

なんの花だろう、と友人が聞いた。見たことのある花だが、名前は私も知らない。

「オオイヌノフグリよ」先に行く娘さんが、ふり返って教えてくれた。

「オオイヌノフグリ？　フグリって、あの」友人が大声で笑いだした。私も笑った。

「おかしいですか？」娘さんが、あきれたように立ちどまった。

「そりゃ、おかしいよ、この名前」友人が涙を流して笑い続けた。

「君、この意味わかる?」娘さんに聞いた。

「いいえ」

「これはね」説明しかける友人を、私はとめた。

かわりに、セールス用の名刺を彼女に渡した。「この会社に電話すると教えてくれるよ。僕の名前を言えば、無料サービスだ」

「花の名前まで教えてくれるんですか?」

彼女は別に嬉しそうでもなく名刺を受け取った。

めざす家に、ようやく着いた。すぐそこどころの距離ではない。彼女は届け物を相手に渡すと、私たちに挨拶して帰っていった。

商談は、しかし実を結ばなかった。実験的にどうぞ、とその家の受験生に、会社に電話をかけさせたが、長い話し中でつながらない。

これではすぐに役立たぬ、と親がサジを投げてしまった。

あとで判明したが、この会社はインチキでコンピューターなどなくて、客の問いあわせには、係が百科事典を開いて答えていたのである。娘さんがオオイヌノフグリの意味を、電話したかどうかはわからない。

19　妙な名前

花の数だけ　クロッカス

スナックのカウンターに、水栽培の、あざやかな花が置いてあった。球根植物である。

連れが、クロッカスだ、と教えてくれた。

この花には思い出がある、あまい思い出だ、と思わせぶりに言いだした。

ウイスキーの水割りを傾けながら、彼が語ってくれた、初恋ばなし。

小学四年生の時だった。この花の水栽培をやることになってね、先生が、生徒一人に一個ずつ、球根を配った。

ぼくの隣席は、モヨ子さんという、やせた女の子でね、その子が受け取った球根は、彼女そっくりに、やせた、貧弱な球なんだ。

ぼくは正反対に、まるまると太ったやつ。彼女がぼくと見くらべながら、先生は私たちを皮肉ったのよ、と言うんだ。

ぼくはそのころ大層太っていたからね。つまり体型のことを彼女は指摘したわけ。あたし、こんなのいやだわ、と文句を言っている。ぼくは別に気にならないけど、彼女がかわいそうになって、それじゃ交換しよう、と提案したんだ。

あら、いいの？　って、ぱっと目を輝かせた。いけない、と、今更あとへ引けない。だけど、なんとなく残念でねえ。大きいのを小さいのと取りかえるんだもの。こっちは損した気分だわね。

そういうぼくの心を見てとったらしい彼女が、そのかわり、と条件を出した。小さい方の球根が、白い花だったら、と急に小声になった。そしてぼくの耳に口を寄せて、こうささやいた。キスさせてあげる。

何回？　とぼくは聞いた。

一回よ、とモヨ子が答えた。だってこの花、一本の茎に一つ咲くんでしょ、だからその花の数だけよ。

もし三つ咲いたら、じゃ三回させてくれる？　とぼくはたたみかけた。もちろん、そんなことはありえなかった。いいわ、とモヨ子がうなずいた。ぼくらは交換した。ビンに水を張って球根をひたし、陽当りの良い場所に並べた。ビンには自分の名前を記した。ぼくの球根がクラスで一番小さく弱々しかった。

そこで語り手が、ひと息ついて、水割りを飲んだ。

それで、咲いたんだな？　と私は連れをうながした。

咲いた、と彼が答えた。

白、だったんだな、と先回りして聞いた。

彼がうなずいた。うなずきながら、クックッと思い出し笑いをした。

白だが、クロッカスじゃなかった。水仙だったんだ。水仙の球根だったんだ。混っていたんだね。

でも、花は白に間違いない。モヨ子は約束を守ってくれた。そして、ほら、水仙ってのは一本の茎に三つや四つ咲くだろう。だから。

花の数だけ、彼女の唇を奪ったわけか。こいつめ。で、どんな香りがした？

むろん、水仙の香りだ。

ん？

花を愛して

梅

昨年の大みそかに、老母は満八十九歳の誕生日を祝った。数えで九十歳である。一日中いねむりをして過しているが、年相応の日常だろう。どこも痛くなく、三度の食事がとれるのだから、それだけでありがたいと思わねば罰が当る。

母方は長寿の家系で、祖父は八十四、祖母は九十歳の天寿をまっとうした。祖母は餅が好物で、死ぬ直前まで口にしていた。

親の長寿は、子の励みになる。まわりの者の慰めにもなる。筆者は、毎年秋に発表される、全国長寿者番付なるものを見るのが大好きである。そこで語られる長生きの秘訣を読むのが楽しみである。

いわく、規則正しい生活。いわく、適度の飲酒。いわく、くよくよしない。いわく、小魚、牛乳が好き。

毎朝必ず梅干しを食べる。わが老母の流儀である。筆者は嫌いではないが、毎日食べる気はしない。

子供の時分、いなかのわが家には梅の木が三本あって、ふんだんに実をつけた。落ち梅の、少し黄ばんだ実をかじると、すっぱいような、えぐいような妙な味がした。調子にのって七、八個かじって、中毒した。危ないところだった。青梅には青酸が含まれているのである。私より三、四年下の子が、これに当って死んだ。私は熱にうなされただけですんだ。

一九九四年の長寿番付では、百歳以上の方がもっとも多いのは沖縄で、二位が高知である。

その高知に出かけた折、牧野植物園を訪れた。世界的な植物学者、牧野富太郎は当地の生まれである。博士は小学校中退、独学で「植物学の父」とうたわれるほどの業績を残した。苦難の生涯であった。

東京帝国大学理学部植物学教室に、助手、講師として四十六年つとめた。ついに助教授に昇格させてもらえなかった。どころか、もうやめてくれと詰め腹を切らされた。東大の事務員が、老学者に引導を渡しに自宅に来たという。なんという非礼なふるまいであろう。つまりは当時の御用学者が、学歴のない牧野博士を正規の学者と見ていなかったのである。

辞表をだした時、博士の月給は七十五円、この額は大学卒の会社員の初任給にも当らなかったという。牧野博士は七十八歳であった。日本の大学の実態はかくの如し。昔も今も変るまい。

牧野植物園には、博士が十代の頃から写生した、自筆の植物画が展示してある。実に精密な図解である。

梅の花と実の写生画がある。筆者は思わず幼時の中毒事件をまざまざと思いだしてしまった。あの折食べた梅の、奇妙な味を思いだした。運が悪くて命を落していたなら、こうして博士の絵を見ることもなかった。博士の事績を知ることもなかった。

寿命ということに思いが及んだのも、牧野博士が九十六歳という長寿者だったせいかも知れない。博士は死のまぎわまで勉強を続けていた。

「草を褥《しとね》に木の根を枕　花と恋して九十年」とは博士の詠《よ》んだ歌である。

ヨウカンの礼

水仙

　私が故郷を捨てて三十数年になる。

　先日、郷里の女性から手紙をもらった。私の生家跡を訪ねてみた、という報告である。

　わが家は、山の上の一軒家であった。電気が引かれてなかった。井戸もなかった。お袋が毎日、天びん棒にバケツを二つぶら下げて、麓の農家から水をわけてもらいに山を登り降りした。雨の日も風の日も欠かすことのできない仕事だった。それだけに水は貴重品で粗略に扱えない。

　夏のある日、お袋が汲んできたばかりの水を飲んだら、ひなたくさくて、おまけにぬるい。まずい、と文句をつけて吐きだしたら、やにわに親父になぐられた。

風呂の残り湯は洗濯に用い、台所の洗い水は洗面に使った。何度も使い古して、ようやく庭の梅の根もとに捨てた。

そこにある年、水仙がひともと咲いた。だれかが球根をうえたらしいのだが、私たち家族には心当りがない。とにかくも毎朝水をやり丹精していたら、年ごとにふえた。気品のある花と香が、私たちを楽しませてくれた。

電気や井戸のない家で生活している私たちは、当然、貧しき者であった。

水を飲んで飢えをしのぐ日が多かった。

ある日、お袋が水を運びあげていると、若い女性に呼びとめられた。最近東京から越してきた近所の生け花の師匠であった。生け花にすべく野草をつんでいたのだが、長い時間歩いていたので、しおれてしまったというのである。花を蘇生させたいので水を一杯所望したのであった。

お袋は心よくふるまった。師匠は何度も礼を述べ、口に含んだ水を手にした野草に勢いよく吹きつけた。最後に自分も飲んだ。とてもおいしい、と重ねて礼を言った。

その晩、師匠がお裾分けだと菓子折を届けてくれた。虎屋のヨウカンである。私が生まれて初めて口にする物で、喜んで頬ばったのはよかったが、酒に酔ったように目がまわった。水を主食の生活だったから、食べつけない物を体が拒絶したのである。

高価なごちそうをいただいて、お袋はお返しに苦慮した。そのころ田舎では、よそから何かもらった場合、半紙ひとしめ、マッチ一個でもつけて礼をするのが習いであった。わが家には、そのマッチ一個がない。

折から庭に水仙が満開であった。私は母に命じられて水仙をお返しに届けることになった。生け花の師匠から思いついた苦肉の品である。ハサミで根もとから切ると、花と葉がバラバラになって恰好が悪い。そこで私は球根ごと数本、土つきのまま抱えて持参した。

この機転を師匠は大変よろこんでくれた。

「水仙のこの根の所はね、すりおろすとウミ出しの湿布薬になるの。ちょうどよかった。この子のオデキがウンでしまったから早速ためしてみるわ」そう言って傍らのオカッパの少女を紹介した。少女が照れて母親の後ろに隠れた。

その少女が手紙をくれたのである。朽ちはてた生家跡に水仙だけが人知れず咲き誇っていた、と報じてきた。

31　ヨウカンの礼

筆の花　つくしんぼ

つくしんぼ、は花だろうか。

子供のころ、つくし摘みに、よく出かけた。いなかのことだから、至るところに生えている。ザルに一杯つむのに、そんなに時間はかからない。セリは毒ゼリに注意して摘まねばならないので、神経を使い、また手間もかかるが、つくしは、見つけたら、折るように摘めばよい。いとも簡単に取れる。

女の子が、つくしんぼの花、と言った。茎の先の、筆に似た頭を、花だと言いはる。私は花じゃない、と言った。しかし確信はない。

先日、俳句にこっている方に聞いてみた。

「つくしんぼは、筆の花ともいいますよ」と教えてくれた。

けれども、筆の形のそれが花であるのかどうかは、その方もわからなかった。

東京都内の、ある場所に、毎年、群生すると言った。どこですか？　と聞いたが、いやあ秘密です、と笑った。以前、都内の某所にゲンゲが咲く、とエッセイに書いたら、たちまち荒されたもので、と打ちあけた。

さもありなん。私もあえてそれ以上は、せがまなかった。その人の、毎年のささやかな楽しみを奪っては、申しわけない。つくしんぼやゲンゲなど野の草花は、自分で探してこそ楽しみだろう。それを労わる心が、風流というものだろう。

つくしの話から、俳句に話題が移り、正岡子規につくし摘みの文章がある、と教えられた。

学生時代に級友二人と、板橋の方に出かけるのである。

途中で食パン一つと、サトウを買った。弁当である。明治二十年代は、食パンはサトウをつけて食べたのだ。その弁当を三人でかわるがわる持った。

馬、または郵便ポスト、または警察官、または束髪という西洋風の髪型の女性と行きあったら、持ちかえるという決めである。してみると当時は、この四種が結構多かったらしい。

板橋に着く。水車がまわり、広い草原がある。そこここに、つくしが出ている。たちまちカバンと風呂敷二枚が、つくしで満ちた。

天気がにわかに崩れ、雷が鳴りだした。急ぎ足で王子権現に向った。権現さまは桜が満開である。石段を降りて、駅に走る。

ホームは運動会帰りの子供たちで、ごった返している。これでは電車に乗れぬ、と子規たちは滝野川ぞいに西ヶ原をめざす。ここの土手には、つくしはなかった。一望、青い麦畑と菜の花畑である。

西ヶ原で焼きイモを買った。焼きイモ屋を出たとたんに、雨があがり、日がさした。いくら学生でも、上天気にイモを食いながら歩くのは気がひける、と三人で笑いあった。

宿舎に戻ると、皆でつくしのハカマを取り、翌日の昼食のおかずにした。佃煮やおひたしにして食べるのである。

子規に次の句あり。この句はこの日のことを詠んだものではないが、詠みながら、あるいは思いだしたかも知れない。

「土筆《つくし》煮《に》て飯《めし》くふ夜の台所」

35　筆の花

浴室の合唱

すみれ

すみれは、色によって、それぞれ花言葉が異なる。

紫は、愛。そして、誠実である。

白は、無邪気な恋。けんそん。

黄は、しあわせ。

どれも、花言葉の代表のような、良い意味ばかり。たまたまラジオを聞いていたら、宝塚歌劇の歌が流れてきた。「すみれの花咲く頃」という、古い歌である。

すみれの花咲く頃　初めて君を知りぬ……

デーレという人の曲に、白井鐵造が詞をつけた。昭和五年の、原曲はシャンソンである。

この歌で、思いだした。

三十年も昔になる。そのころ私は正月を、信州の、とある、ひなびた温泉で過ごしていた。文学に熱中していた頃で、いっぱし作家を気どって、旅館にとじこもり、一日中、小説を書いていた。そういうポーズが、たまらなく嬉しくてならなかったのである。熱に浮かされる、という年頃だ。

執筆にあきると、風呂に行く。混浴である。若いから、そちらの方にも興味があって、何度となく出かけた。混浴には違いないが、おめあての若い女性には、一度も出会わない。私の母親のような浴客ばかりである。

ある晩遅く、隅の方に私が一人でつかっていると、女性が五、六人、騒ぎながら入ってきた。浴場は広く、照明が暗いので、顔はよくわからない。声から、どうやら「おめあて」の若い人らしい。といっても三十後半か。私はドキドキした。

彼女たちは、すばらしく健康的な肉体をしていた。つまり、陽に焼けて、たくましい。

宴会のあとらしく、皆、かなり酔っている。

その時、私と同じ年ほどの男たちが二人、入ってきた。とたんに女性たちが歓声をあげた。男たちはギョッとし、ついで赤くなり、タオルで前を押さえたまま、逃げだした。女性たちが無遠慮に冷やかす。グループだから、鼻息が荒い。私はちぢみあがり、息をひそめた。女の裸を見てやろう、などという野心は、とうになくしていた。彼女らに気づかれないように、湯から上がるにはどうしたらよいか、そればかり考えていた。次第にのぼせてきた。

女性たちが首まで湯につかり、一人が歌いだした。それが「すみれの花咲く頃」である。

やがて、合唱になった。合唱が盛りあがったとき、また浴客が入ってきた。今度は、五歳くらいの女の子を連れた夫婦である。合唱がピタリと、やんだ。何か言うのかと見ていると、彼女たちは黙って家族を見つめている。

ふいに、全員がすすり泣きを始めた。しばらくして顔をぬぐうと、誰言うともなく、静かに上がって浴室を出ていった。

あとで番頭さんに聞いて知ったが、彼女たちはいずれも結婚一年未満で、ご主人を戦争で亡くした人たちであった。年に一度、慰労会を開いているという。酒の飲み方はすさまじく、明け方まで飲みっ放しだそうであった。しかし、すみれの歌を歌っていた彼女たちには、そんな風は微塵もなかった。

ロシナンテ　たんぽぽ

石垣の間に、タンポポが二輪、あざやかな黄色で咲いていた。

「栄養が足りないのかな。少し貧弱ですね」

そう言うと、知人が笑った。

「これはこういう花なんですよ」

「タンポポじゃありませんか？」

「いいえ」

ジシバリだという。

「葉を見ると違いがわかるんだが、どうやら石垣の奥の方に根があるようですね。茎だけ隙間から出しているんだ」

タンポポの話になった。

いつだったか関西の人と雑談していて、タンポポの花の色で、互いに驚きあったことがある。私はタンポポは黄色いものと信じて疑わなかったのだが、相手は、いや白だ、と譲らない。それはタンポポでないのでは？　と私は失礼なことを申しあげたが、あとで本を調べたら、関東と関西では色が異なるらしい。

私が子供のころから親しんできたそれは、関東タンポポという在来種らしい。ちなみにこの在来種は、西洋タンポポに追いやられて、現在は珍しくなったようだ。西洋タンポポと在来のタンポポとの見分け方は、花びらの付け根、というか花びらの台というか、学術用語で総苞《そうほう》と言うようだが、これのそり返っているのが西洋タンポポで、そうでないのが関東タンポポである。

私と同じ古本屋で、「タンポポ書店」という屋号の店がある。

高知市のはりまや橋近くで営業している。片岡千歳さんという女性である。数年前、ご主人を亡くされて、ひとりで店を切り回しておられる。ご主人も詩人であったが、奥さまも詩や文章を作られる。お人柄が表われた素直で優しい作品である。

二年前に「ロシナンテ」という短文をつづられた。ロシナンテとは、ドン・キホーテの愛馬の名である。片岡さんご夫婦の自転車の愛称につけられた。

奥さまの自転車は何の故障もないが、同じ型のご主人用のは、しょっちゅうパンクをしたり、スポークが折れたり、修理ばかりしている。

ご主人が亡くなって、自転車は二台も必要なくなった。かといって処分するに忍びない。十年余りも愛用してきた車である。奥さまは二台の自転車の、それぞれ良い部品だけ取って、一台の自転車に作りかえてもらった。それを毎日乗りまわしている。

この話を、ある席で隣りあった青年に語ったら、青年が「とても嬉しいお話だ」と喜んだ。青年は自転車屋さんだったのである。

このエッセイを読んで、私も自転車屋さんのように、いい話だ、と心がなごんだ。

片岡さんは別の文章で、ご主人の句を披露しておられた。

「梅一りん　りん一才の　誕生日　片岡幹雄」

りん、というのはご夫妻の初孫の名である。この句も、いい。名前も美しいし、句もいい。

ところで「タンポポ書店」の屋号のいわれを、聞いてみようと思いながら、まだ果さないでいる。すばらしい理由が、きっとあるに違いない。

別荘地

春紫苑

別荘ブーム、というものがあった。

かれこれ二十四、五年も前のことである。猫もしゃくしも、これに目の色変えた。私もまたその一人である。

金もないくせに、ほしがった。私の財政では手も足も出なかったが、何人かで金を出しあえば、どうにかなりそうであった。私は仲間をつのった。十人ばかり、私のようなオッチョコチョイが集まった。

連日、酒を飲みながら物件さがしである。新聞のチラシや、不動産情報誌を前に、あれこれと意見を述べあう。意見、といっても、結局は値段の問題である。私たちの予算で買える物件かどうか、それしかない。

建物つきでは、とても無理。まず土地を確保しよう、と一決した。土地だけなら、ピンからキリまで、ある。むろん、そのキリの中から選ぶのである。

格安の土地があった。千葉県の、山中である。とにかくも現地を下見しよう……と相談がまとまった。

手のすいている五人が、車で出かけた。私も、入っていた。

チラシに明記された土地は、山の中も山の中、おそろしいような場所であった。家は建てられるだろうが、電気や水をどうするか、だ。格安なわけである。

私たちは車をとめて、うっそうとした林に分け入った。

やがて、広場のような場所に行き当った。昔の墓場のあとかと思ったほど、雑草が茂っていて、ところどころ土が盛りあがっている。

隅に小さな木札が立っていて、ここが売り出しの別荘用地であった。

私たちはガッカリして、草の上に足を投げだし、顔を見合わせた。

目の前に菊に似た白い花が咲いている。

「ヒメジオンかな」と私がつぶやくと、隣のAが、「いや。ハルジオンだ」と言った。

「葉っぱが茎を抱いているだろう？　これはハルジオン。ヒメジオンは抱かない」

「ヒメジオンじゃないよ、ヒメジョオンと言うんだ」Bが笑った。

「それにヒメジョオンの花は、もっとあとだ。確か梅雨から秋にかけて咲く」

「ほら、この若葉でわかるよ」Cが二種の葉をむしり取って、私に示した。

「このノコギリ歯のある葉がヒメジョオンで、細長いのがハルジオンだ」

「へえ。みんな、くわしいんだねえ」私が感心すると、

「植物が好きだから別荘がほしいと思ったんだ。無理ないよ」とAが笑った。

皆、そうだったのである。私も畑仕事をしたくて、いなか住まいを願ったのだった。

この時の物件は買わなかったが、買わなくてよかった。まもなく販売元が詐欺容疑で捕まった。他人の土地を売っていたらしい。私たちの別荘熱も、ほどなく、さめてしまった。

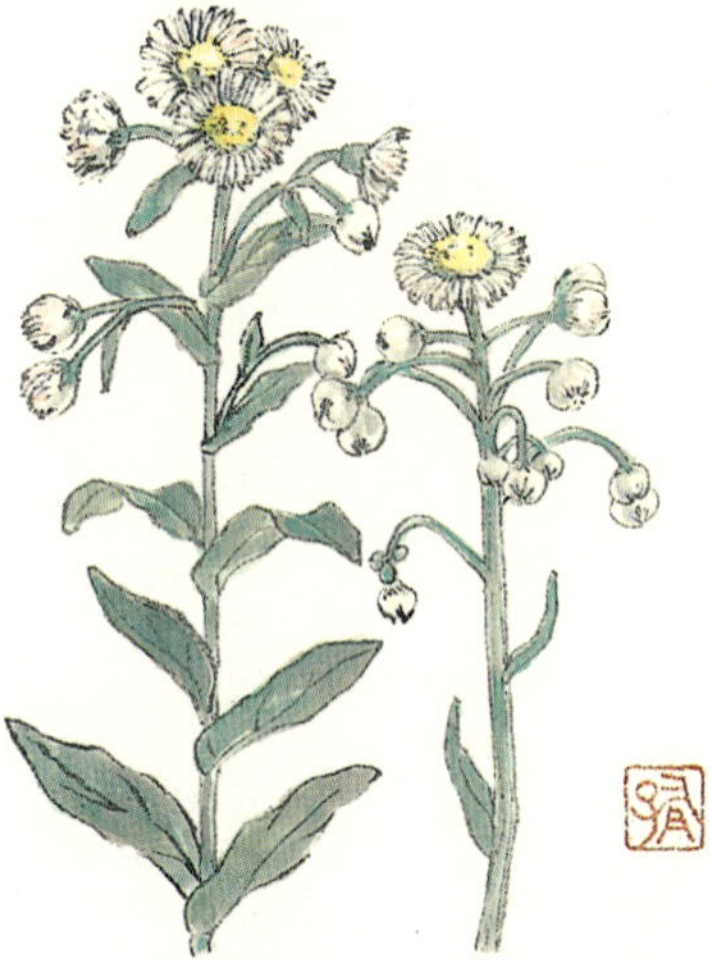

いちめんの

菜の花

山村暮鳥の詩に、「風景」というのがある。「純銀もざいく」という副題がついている。その通り、ひらがなの寄せ木細工のような形式の詩である。読者の視覚に訴えた詩であるので、最初の一聯だけそのまま記してみる。

いちめんのなのはな
いちめんのなのはな
いちめんのなのはな
いちめんのなのはな
いちめんのなのはな
いちめんのなのはな

いちめんのなのはな
かすかなるむぎぶえ
いちめんのなのはな

第二、第三聯も、やはりこれがくり返され、後ろから二行めのみ、「ひばりのおしゃべり」「やめるはひるのつき」と変る。

この詩を目で見、声に出して読んでいると、ふしぎに、一面の黄色が眼前に出現する。

少年時代のわが生家の周囲は、一望、菜の花畑だった。春の朝、目がさめると部屋中、まっ黄色なのである。障子に、朝日が当っているのだが、満開の菜の花を反射しているのだ。

まっ黄色といえば、子供の私は、この花が好きで、終日、畑の中にひとりでうずくまっていた。雨の日も、何するでもなく、もぐっていた。密集した菜の花が屋根を作って、雨を通さないのである。私の「秘密の場所」であった。

ある日、近所に住むトンコちゃんという、いつもスカート姿のおしゃれな女の子に、私が出入りする所を見つけられた。トンコちゃんは戦争中、東京から母親と疎開してきた子で、私より一つ年下である。

なにをしているのか？　と咎められた。私は、うろたえてしまった。実は、ひろってきた猫の子を、ひそかに「秘密の場所」で飼っていたのである。男の子が猫なあどかわいがって、と母親に怒られたところだったので、恥ずかしかったのだ。

だれにも言わなければ見せてやる、と約束させると、トンコちゃんは、だれにも言わない、と約束した。そこで、ついてこさせた。菜の花畑のうねの間を這《は》うようにして奥に入ったのである。ワラ束《たば》で囲った中に、まだ目のあかない子猫が一ぴき、かぼそい声で鳴いていた。トンコちゃんはすっかり気にいってしまった。彼女も動物の飼育を母親に禁じられていたのだ。

私たちは暮れるまで、そこで猫と遊んでいた。帰るとき、トンコちゃんが先に這って出ようとした。ところが数メートル進むと、急に立ちあがった。すぐ後ろを這っている私を、「エッチねえ」そう言って、にらんだ。面くらっている私をしりめに、菜の花畑をかきわけつつ帰ってしまった。トンコちゃんの東京語は、私が生まれて初めて聞く言葉だった。

私の「秘密の場所」はあっけなく秘密でなくなった。トンコちゃんのセーターがまっ黄色に染まっているのを、母親に見咎められたからである。「いちめんのなのはな」の中を泳ぐように走っていた彼女の、都会者らしいお下げ髪を思いだす。

無　デージー

デージー、日本名、ヒナギクの花である。

二十代のころ、同人誌仲間の女性が入院した。特別に親しい人ではなかったが、ある日、思いたって見舞いに出かけた。

西武新宿線で、三、四十分奥に走った町の病院である。駅から歩いて十分ばかり。途中に公園があった。トイレをすませたくなり、寄り道した。トイレの前は花壇で、赤いジュウタンを敷いたように、デージーが咲き乱れていた。

あんまりたくさん咲いているものだから、二、三本失敬しても構うまい、とふと、よからぬ考えにかられたのである。

見舞いの品を持たなかった。当時は貧乏で、花を買う金さえない。顔を出して、元気づければすむ、そんな気持ちだった。しかし、やはり手ぶらは後ろめたい。この花をみやげに、と辺りを見回して人目のないのを確かめ、すばやく白と赤の二本を、根ごと掘り取った。さすがに折るのは、はばかられたのである。チリ紙に包んで、そっとカバンに忍ばせた。

盗品のみやげは、やはり喜ばれなかった。相手は露骨に眉をひそめた。

「あのね、病気見舞いに、根のついた花を持ってくるなんて非常識よ」

「どうして？」とこちらは、意味がわからぬ。

「根つき、と寝つくの語呂合わせで、験《げん》が悪いのよ」

「へえ。知らなかった」

つまらぬ縁起かつぎだ、と内心、反発したが、病人にとっては一大事かも知れぬ。

「それに大体あんた、つまらない花を選んだわね。よりによって」と追い打ちをかける。

「この花の花言葉をご存じ？」

「いや。知らない」

「赤い花は、無意識。白い花は、無邪気よ」

「へえ。くわしいんだな」

「花言葉の本を読んでいるのよ。退屈しのぎに」と枕もとから取り出して見せた。

「でも、別に悪い言葉じゃないと思うけどな。どちらも」

「だって両方とも無という字がつくわ」

「どうして無がいけないの？」

「無って、この世にないこと、存在しない意味よ」

「そりゃそうだけど。邪気がないなんて、いいじゃないか」

「意識が無いのは、いやだわ」

「まあまあ。あんまり気にするなよ」

病人特有の過敏、としか考えなかった。彼女には予感があったのだろう。半年後、突然亡くなった。

彼女の母上から、形見にと、本をもらった。あの、花言葉の本である。デージー、のページを開くと、私が持参したものらしい花びらが、はさんであった。干からびて、花と思えない。

以来、私は押し花というものが、どうにも好きになれない。

55　無

花の恩恵　プリムラ

阪神淡路大震災から、一年になる。

神戸での年賀はがきの売れゆきが二割減、と新聞に出ていた。二割という数字が、何を物語っているかは明らかで、胸が痛む。

西宮に住む知りあいの方から、無事です、と返事があった。手紙の末尾に、「飛び散りし瓦《かわら》の下の芽水仙」「倒壊のほこり被りて梅蕾《つぼ》む」と即興の句が記されていて、何千何万の言葉よりも、無事の喜びがあふれており、読んでいて思わず涙ぐんだことを、昨日のように覚えているのだが、もう一年もたつのだ。

花、といえば、地震の前兆のいろいろを収録した本が出た。動物の奇妙な行動はたくさん例が示されているが、植物のそれは少ない。

いくつかあって、一つ二つ紹介するつもりで本を開いたら、次のような注意が出ている。「本書のあらゆる形での無断転載・引用は固くお断り」するというのだ。引用まで禁じたのには理由があるのだろうが、某大の学術調査団による編著で、決してふまじめな本ではない。紹介できないのは残念だが、仕方ない。

かわりに、知人から聞いた話をお伝えする。

地震の前兆のことではない。震災にあって家が傾き、やむなく避難所生活をするようになったAさんの、体験談である。

学校の体育館で寝起きしていた。蒲団一枚のスペースが、人間ひとりの生活空間である。プライヴァシーも何も、あったものではない。

Aさんの右隣には、七十代の夫婦がいた。

毎晩、一枚の蒲団に、二人はほとんど抱きあうようにして寝ていた。寝る前に奥さんが、Aさんに、「主人とこうして一つ床に寝るのは、何十年ぶりのことですよ」と笑いながら言い訳をするのだった。Aさんは、「どうぞ、どうぞ」と返答をし、なんだか照れてしまったそうである。

このご夫婦は、地震前までは、大変仲が悪くて、ほとんど口をきいたことがなかったという。

こんな生活が続けば、だれだって、いらいらしてくる。そこに新しい住人が入ってくる。自分のスペースは、ますます狭くなる。

Aさんの左隣の住人が入れかわった。独り者の老女が、寝起きするようになった。彼女は小さな風呂敷包みを抱えていた。それが彼女の全財産である。大事そうに枕もとに置き、人の目を忍ぶように、中身を確かめている。Aさんは何が入っているのだろう、と横目でうかがっていた。

ついにがまんできなくなって、ある朝、老女にたずねた。相手は笑って、包みをといて見せてくれた。

まっかな花の鉢が現れた。周囲の人が声をのんだほどの、あざやかな花である。プリムラ・ポリアンサだと、老女が説明してくれた。彼女はこの花をたくさん丹精していた。ひと鉢だけ抱えて逃げてきたのである。以来、避難所の殺伐とした雰囲気が一変し、なごんだという。

花の恩恵をしみじみ感じた、とAさんは話を結んだ。

椿の音

椿

椿の花は、大粒の水滴が落下するように、形をくずさず、ボトッと音たてて落ちる。打ち首のありさまと音にそっくりというので、武家は椿を忌み花として嫌った。という話を、私は先輩を訪ねた節、酒興にかられて得々と語った。

先輩の家の中庭には、見事な椿の古木がそびえていた。白椿である。折から満開であった。まことに不用意な挨拶をしたものである。

先輩は椿が大好きなのであった。私は人の好みにイチャモンをつけたようなものであった。生半可な知識は、ふり回すべきでない。

黒澤明の映画「椿三十郎」の舞台は、椿屋敷と呼ばれる武家屋敷である。赤と白の椿が満開で、忌み花とは思われぬ。結局、縁起のよしあしは、こじつけにすぎない。

私の生家の入口に氏神さまがまつられてあり、ほこらは椿に囲まれていた。うっそうと枝葉をひろげており、私は外出の行き帰り、氏神のそばを通るのが恐ろしくてならなかった。頭上から蛇が降ってくるような気がするのである。夜、ボトッ、ボトッと、ひっきりなし花が落ちる音を耳にして、おびえた。

なかなか寝つかぬ私に、「あれは椿の蜜を吸って腹いっぱいになった蛇が、幹に巻きつけなくなって落ちるのだ」と母が語った。

それで私は氏神の前を通る時には、目をつむって一気に駆けぬけた。

二十代のころ東京下町の越中島に下宿していた。つとめ先には、商船大学の校庭を横ぎって通った。椿の大木があって、季節になると、たくさんのまっ赤な花を咲かせた。

夏になると私は無意識に回り道をしている。椿の根方から大きな蛇が這いだしてくるようで、校庭を歩けないのである。

下宿を引っ越すことになった。引っ越し先に落ちつき洗濯をしていて気がついた。

もとの下宿に物干しザオを忘れてきた。

「サオやサオ竹ェ」と呼びながら物干しザオ売りが回っていて、日ごろよく見かける商売だが、どうしてあんな物が売れるのだろう、と不思議だったが、私のように忘れる奴がいるのである。屋外の品は、つい忘れやすい。

私はもとの下宿にでかけていった。引っ越して一カ月とたっていない。新住人は決まらないはずであった。私は一階の一番奥、北側の部屋を借りていた。湿気の多い部屋なので、借り手がいない。従って家賃が格安だった。

物干しザオを外しながら何気なく部屋をのぞくと、家具ひとつなくガランとした座敷の真ん中に、血の固まりが見えた。しかしそれは目をこらすまでもなく、椿の花に違いなかった。ちょうど椿の季節であった。商船大学のあの花ではあるまいか、と思いながら、もう一度見やった時、座敷で、ボトッという音がした。椿の花が、もう一つころがっている。

そして、また、ボトッと、落ちてきた。

私は恐怖を覚えて、あとをも見ずに逃げだした。子供のころ生家の氏神前を、目をつむって走りぬけたように。

蕗桜

シネラリア

小説家になって、まず変ったのは、カレンダーから曜日が消え、季節がなくなり、季節の行事と無縁になったことであった。

曜日が消えた、という意味は、原稿のしめきりが、もっぱら日時で決められていて、土曜も日曜も関係ない、ということである。外出しないから、季節がわからぬ。何しろ十月だというのに、お正月号の原稿を書いているのである。盛夏に暮れの話を依頼されたりする。私の頭の中の季節感は、めちゃくちゃである。

そうして、たとえば実際の正月が訪れても、私には雑煮を祝う時間もなく、まして一杯きこしめして陶然とする極楽なぞ、望むべくもない。しめきりには盆も正月もない。

つくづく因果な商売だと思うが、好きでやっているのだから、だれの責任でもない。

数年前は、こうでなかった。ごく普通の正月を、普通に迎えていた。元旦二日は家で過ごし、三日の午後には年始まわりに出た。

まわる先は、毎年決まっていた。一等最初は新玉《あらたま》さんの家である。同業の先輩で、何しろめでたい名字であるから、縁起をかついで、年始の口切りにしていた。

新玉さんも、自分の姓を意識して、私に輪をかけた験かつぎであった。

床の間に、実にあざやかな菊の鉢が置いてある。紅と紫、それにピンクと青、四色の菊である。皆、蛇の目の模様で、葉が隠れるほど、にぎやかに咲きほこっている。

「菊じゃない。いや菊科の花だけど、これは、シネラリア。あっ」と口をおさえた。

「また、言ってしまった」と頭をかく。

「いやね。シネラリアという名なんだが、ほらシネなんて縁起悪いだろう？　まして正月だからね。普段はともかく正月だけは、別名のサイネリアと呼ぼう、と家内中で決めたんだが、つい出てしまうんだ。失敗失敗」

ひとしきり花の話がはずんだ。そのあと映画の話に移った。

「最近の映画で感動した作品はあるかい?」と聞かれたので、「久しぶりに泣いたのは、イタリア映画の〝ニュー・シネマ・パラダイス〟でしたね」

ちょうどその映画が封切られて、評判のころだった。

「へえ。ニュー・シネ、あっ」とまた新玉さんが口をつぐむ。

「そうでした。私もうっかりしました」

これでは不用意に話が出来ぬ。

そこへ、あらたな年始客が訪れた。部屋に入るなり、私同様、床の間の色どりに目が止まる。「あっ。この花、私、名前を知ってますよ」客が大声で叫ぶ。

私と新玉さんは、あわてて手を振ったが、遅い。しかし客の口から出た名は、縁起悪いそれではなかった。

「フキザクラ。確か、そうですよね」

「そうです、そうです」新玉さんがうなずいた。別名の一つだそうだ。こちらは正月にふさわしい。私たちはホッとし、次に大笑いした。

67　蕗桜

ななへやへ

山吹

新聞に連載小説を書くことになった。「面一本」という題である。古本屋と地上げ屋の攻防戦を描く。さて、その舞台だが、どこにするか決まらない。

東京の、どこか、にしたいのだが、内容が内容だけに、具体的な地名を出すと、さしさわりがある。かといって全くの架空の土地だと、読者の興味も今ひとつ薄いだろう。実在で架空の土地はないものか、と考え、ようやく、かっこうの場所を見つけた。

そんな所があるのか、と思われるだろうが、あるのである。そこがそれ小説家の頭、実在の地に虚構の町をでっちあげてしまうわけ。

見つけたのは早稲田である。都電荒川線の起終点・早稲田と、面影橋停留所の中間に、新宿区立の甘泉園公園というのがある。この甘泉園の地番に、適当な町を作りあげる。仮に私の小説を読んだ物好きな読者が、その地を訪れても、日本式庭園があるだけである。だれにも迷惑がかかるまい。

さてそういうわけで、この数カ月、ひまを見つけてはこの地を歩きまわった。資料も読みあさった。小説というものは、ボンヤリと頭で考えて出来あがるものではない。雨の日風の日、朝から夜中まで、舞台と定めた場所を歩いたり走ったりしゃがんだりして、イメージをつかみ、少しずつ登場人物の性格や何やらを造形していくのである。

面影橋、という都電の停留所名が、いたく気にいった。古書を調べてわかったのだが、ゆいしょのある橋の名なのである。そしてこの辺一帯は、江戸の昔、山吹の里と呼ばれ、一面まっ黄色に染まる片いなか、と知って驚いた。しかも江戸城を築いた太田道灌の、有名な山吹の故事の舞台でもあるのだった。

タカ狩りにこの里にきた道灌が、にわか雨に弱って、農家に雨具を借りに行ったというのである。若い女性が出てきて何も言わずに、山吹の枝をさしだした。わけがわからない。

のちに道灌は次のような古歌を見つけ、娘の心を知ったのである。その古歌とは、

七重八重花はさけども山吹の
　実のひとつだになきぞ悲しき

八重咲きの山吹は、実がならない。「実のひとつ」と雨具の「ミノ」を掛けたのである。私の家は貧しくて、お貸しできるようなミノ一つさえありません、と娘は山吹の枝に思いをこめたのだ。それとさとらなかった道灌はおのれの不風流を恥じ、和歌の道に志したというのが、山吹の里の伝説。

この話は江戸時代ひろく知られたとみえ、歌のバリエーションがたくさんある。そのひとつ。「山吹のはな紙ばかり金入れに、みの一つだに無きぞ悲しき」むかし、小判は山吹色をしていたので、山吹色はお金そのものをさした。もうひとつ。「ななへやへ　へをこきいでの山吹の　実のひとつだに出ぬぞ清けれ」

こちらの山吹は少々臭い。どちらも大田南畝の作。道灌と字は違うが同音の姓なのが面白い。山吹は金を連想させるといったが、お口直しにその金の歌。これも南畝の作。

「世の中はいつも月夜に米の飯さてまた申し金のほしさよ」

牡丹にボタもち

牡丹

花よりダンゴ、というけれど、五年前の春、気のおけない仲間数人と、急に牡丹が見たくなって、奈良に出かけた。目ざすは南大和の大寺・当麻寺《たいまでら》である。五月連休の直後で、観光客は少なかった。

当麻寺駅に下り、寺の正門へと続く道の角に、中将餅と書かれた餅菓子屋さんがある。

ヨモギの香ばしい匂いにつられて立ち寄ると、中将餅なるものは、いわゆる草餅である。ヨモギ餅でアズキのアンをくるんだもの。形が面白い。牡丹の花びらを模したという。

われわれは全員、上戸党であるが、冒頭の俗諺《ぞくげん》の如く、まずは目の楽しみより腹の満足とばかり、店内で休憩した。

煎茶と草餅二個のセットで、二百五十円だったか三百円だったか、とにかく安い。しかも、おいしい。上戸党を任じる面々が、いや食べた、食べた。一人で四セット食った馬鹿がいる（筆者である）。八個である。煎茶四杯である。

とにかく満腹を通りこして苦しい。当麻寺の牡丹を観賞するどころではない。これではいかん、と腹ごなしに少し歩き回ることにした。当麻寺の境内は広いが、それでも歩き足りない。二上山に登ることにした。

ところが途中で、にわかに雲ゆきが怪しくなってきた。雷雨でも来そうな暗さである。

土地勘のない山中で、降りこめられると心細い。私たちはほうほうのていで、ひき返した。

道をまちがえた。

気がついたら石光寺《せっこうじ》の前に来ていた。とたんに音たてて降りだした。私たちは寺にかけこみ、雨やどりした。お坊さんが、すぐやみますよ、とうけあった。二上山の雲の位置でわかる、と言う。石光寺のま後ろに二上山がある。

お坊さんの予言通りになった。程なく、日がさしてきた。うそのように青く晴れわたった。私たちは礼を述べ、ついでに寺を拝観した。石光寺は、当麻《たいま》曼陀羅《まんだら》を織った中将姫ゆかりの寺で、言ってみれば先の当麻寺と親類である。私たちは初めて知ったが、この寺も牡丹で有名なのである。

その数、五百種、約四千株。ちょうど花ざかりであった。

赤、白、ピンク、紫、黄。いや、見事である。「百花の王」というけれど、私はあとにも先にも、あんなに大きな、重々しい花は見たことがない。みんなも、どぎもを抜かれたように、黙って見つめるばかりである。

通り雨のあとで、花の色が生き生きとしている。そこに洗い清められたような日差しが降りそそぎ、発光しているような輝く美しさである。私たちはしばし堪能した。

あとで仲間の一人が、こんな感想をもらした。

「牡丹は牡丹餅《ぼたもち》を食べながら観賞する花だね。そんな気がしないかい? 桜や梅のように酒とは合わない気がするよ」

餅腹でながめたせいではあるまい。私もそんな気がする。私だけでなく、全員が、うなずいた。

一人静　おだまき

紫色の花が、好きである。ききょう、鉄線、茄子《なす》……

だから、その花は、すぐに目についた。

知人のKさん宅である。日当りのよい縁側に、平べったい鉢が置いてあり、茶托《ちゃたく》に湯のみをのせたような花が、いくつか咲きほこっている。湯のみの縁の部分が白いぼかしで、あとはあざやかな紫の色。

「ケシですか?」と聞くと、

「いや、オダマキです」とKさんが答えた。

「オダマキ、といいますと、あの、歌に出てくる?」

「そうです。しづのをだまき繰り返し、の、あのオダマキです」

Kさんは大学の教授である。

「確か、静御前の歌ったのも?」

「そうです。しづやしづ、しづのをだまき繰り返し、昔を今になすよしもがな。いや、昔を今にする、だったかな」

源義経の愛人が頼朝に捕えられて、恋人を思いながら歌い踊った。その歌である。

「せがれの、嫁さんになる女性が、昨日、実家から持ってきてくれたのです。聞くところによると、この花が、そもそも、せがれと嫁さんを結びつけた、というんですが、どういうぐあいに結びついたのか、そこまでは笑うばかりで話してくれませんでした」

「そうですか。お二人のなれそめの花ですか。そいつは、いい。美しいはずですよ」

Kさんの長男は高校時代に荒れまくった。朝から晩までオートバイを乗りまわし、あちこちで争い、何度となく警察ざたになった。Kさんは悩んで、一時は親子心中まで思い詰めた。とのちに打ち明けたことがある。

その息子さんが、ある日から、働き始めた。がらっと人が変って、まじめになった。そして、結婚するよ、と突然、女性を自宅につれてきた。その女性と出会ったことが、息子さんの人生の転機になったらしい。息子にはもったいないような、すばらしい女性でして、とKさんが目を細めながら自慢した。

「でしょうねえ」と私はうなずいた。

オダマキのような美しい花を愛する女性なら、会わなくとも、なんとなくわかる。

実は私は息子さんの結婚祝いに、Kさん宅を訪れたのだった。よかった、よかった、と私は素直に祝福した。

「しづのをだまき、といえば」Kさんが言った。「ヒトリシズカ、という花をご存じ?」

「知っております。山の中によく咲いていますね。白い可憐な」

「私はあの花が好きでしてね。オダマキのように明るい花もよいが、ひっそりした花もいい。オダマキは、あれはやはり結婚前の若者ですね。私はもう引退寸前の男ですから」

「ヒトリシズカ」私はそう言いかけて、口をつぐんだ。

Kさんは若いころ奥さんを亡くされ、男手ひとつで、二人の男の子を育ててきたのだった。次男はすでに結婚され、長男のゆくすえだけを案じてきた。

79　一人静

銀河鉄道の花

カンパニュラ

知人がつり鐘に似た花の鉢を、手みやげにくれた。大きなブルーの花である。

「形の如くツリガネソウ。メディウムという品種だ。別名、カンパニュラ」

知人は園芸にくわしい。

「カンパネルラ？　あの、銀河鉄道の夜の？」

宮澤賢治の童話に登場する名前である。

「いや、カンパニュラだ」

「似てますねえ。カンパネルラと」

「そう言えば似ているねえ。賢治はこの花の名前からとったのかな」

「カンパニュラとカンパネルラ。ちょいと調べてみましょう」

調べたが、わからぬ。ただ、作者の賢治が、すこぶる花好きなのがわかった。たとえば昭和五年、賢治三十四歳の手帳には、花や野菜の種まき、移植、定植が記録されている。

四月一日には、スイートピーの他二十七種類の花の種をまいている。どんな花かは、出ていない。四日に、パンジー、モクセイソウ、ポピーをまく。八日に、ヒヤシンスをくれた人に、ダリアの球根のあまるのがあればゆずってくれ、と頼んでいる。当方のヒアシンス、ダッチアイリス五種、水仙十八種、オーニソガラムその他の球根と交換でもよい、と言っている。一方、中菊三十種、洋菊十六種の種苗を取りよせている。

四月十七日、アスターと百日草の種まき。二十二日、菊を植える。二十三日、スイートピーが四十本、芽を出した。ポピーとパンジーはまだ出ない。

二十六日、アスター、百日草が発芽。二十九日、金魚草、マツバボタンなど十種類の種をまく。三十日、キツネビギクが枯れた。モクセイソウを再びまく。

五月以降、金魚草、ナスターチューム、ゴデチア、ダリアなどをまいたり植えたりしている。

昭和二年、賢治は花巻温泉事務所の冨手氏に、花壇の設計書と、そこに植える花の一覧表を作成して送っている。花壇は「南斜花壇」と命名、スキー場の南面のゆるい傾斜地を利用して、しばふと遊歩道を設け、自由に休めたり、つみ草をしたり、花を楽しんだりできるように設計した。花は花期が長くて、手間のかからぬもの、丈夫なものを選んだとある。

次のようなものである。スズラン、オキナグサ、シャスタデージー、コチニヤ、パンパスグラス、コテージメーデ等、三十六種が記されている。カンパニュラ、はない。

私は「銀河鉄道の夜」を読んでみた。

ジョバンニが牛乳を取りに町に行く。時間をつぶしてくれと言われ、牧場の後ろの林に行く。にわかに視界が開け、そこに「つりがねそうか野ぎくかの花が」一面に咲いている！

やはり花にくわしい賢治は、花の名から登場人物の名をとったのだ。違うだろうか。

音の正体

鉄線

鉄線の花が、大好きである。毎年、これの開花を、楽しみにしている。ひとつだけ、不満がある。名前である。

鉄線、とは、なんと不粋な命名だろう。だれがつけたか、花にそぐわない。紫、または白色の、りんとした花を開く。武士の、おもむきがある。それで最初私は、鉄扇、という漢字をあてるのであろう、と思っていた。武士が所持している鉄骨の扇である。いざ、という時は、武器として用いる。

それが有刺鉄線の鉄線という字と知って、がっかりした。花の姿からの命名でなく、蔓《つる》が針金のように固いので、それで名づけた、と本で読んで、いよいよがっかりした。鉄線と記して、りんとした花を想像して下さる人が何人いるだろう。

針金のような蔓で、思いだした。確かに、そんなような蔓をしている。

ある人への贈り物にしようと、花屋で求めた。店員が白い紙で鉢を包んでくれた。そのとき花が二輪咲いており、三つほど、つぼみがついていた。そのうちのひとつは、明日にでも開きそうだった。鉢を抱えて、知人を訪ねたのだが、エレベーターの中で、パチン、と物のはぜる音がした。

なんの音だか、わからない。わりあいに、大きな音だった。

ある人に早速、鉢をプレゼントしたのだが、包み紙をほどいて、驚いた。花が、三つ、咲いているのである。抱えてくる途中で、ひとつ開いたらしい。すると、さきほど聞いたパチン、と物のはじけた音は、鉄線花が開いた音だったのか。

「まさか？」知人が怪しんだ。

「蓮の花は、ポンという音を鳴らして開く、と聞いたことがあるが、こんな小さな花がかい」

しかし間違いなく聞いたのである。

「音たてて開きそうな花と見えないけどねえ」

「鉄扇というくらいだから、音がするんじゃないかな」と私は主張した。そのころは鉄扇と思っていたのである。

「よし。目の前に置いて観察してみる。花開く瞬間を目撃なんてのも、スリルがあるぜ」

知人が意気ごんだ。しかし、瞬間はついに捕えられなかったようである。

「いつのまにか、咲いているんだ。しっかりしろ、と笑われているようで、くやしいよ」

俗物の、ケチなたくらみなど、歯牙にもかけぬ、りんとした花なのである。

パチン、という音は、のちに正体が判明した。わかってみれば、ナアンダで、針金のような蔓の、たわんだのが、はじかれて包み紙に当った音だったのである。鉄線、という名に、なるほどなあ、とその時しみじみ感じ入った。

　鉄線にけふは若《し》くものなき庭か　高浜虚子

もう一句。

　鉄線を咲かせてあるじ書にこもる

筆者の作ではない。これも前記の虚子の作。花同様、筆者の大好きな句である。

87　音の正体

名前

るりたま薊

知人の娘は小学生だが、ご多分にもれず、今流行の「たまごっち」に夢中である。同級生のほとんどが、持っているという。皆、それぞれ、愛称をつけて、かわいがっていると話す。

あなたの「たまごっち」の名前は？　教えて、と頼むと、女の子なので「タマコ」だと答えた。

「たまごっちのタマコさんか。なんだか当り前すぎるような名前だね」と笑うと、友だちの「たまごっち」は男だが、「ごっち」君と呼ぶのよ、と答えた。「まご」ちゃん、という子もいる、と言った。

こちらは知人の奥さんだが、花が大好きで、庭の至るところに、四季を通じて咲かせている。

奥さんのユニークなところは、花の一本一本に、名前を付けていることだ。水をやりながら名前を呼ぶ。とたんに花が生き生きとし、やがて美しい花を開くようになる、という。

「音楽の好きな子もいるのよ。その子には、鼻歌を歌ってあげるの。喜ぶわよ」

「へえ」とこちらは恐れ入ってうなずくのみだが、しかし奥さんの話を疑っているわけではない。

養鶏場では音楽を流して飼料を与える。飼料の食いつきが良いそうだ。

深沢七郎のエッセイで読んだのだが、ギターを聞かせながら野菜を作ると、育ちが早く、出来もよろしいという。

生きものに限らぬ。あるウドン製造工場では熟成をうながすために、音楽を流していると聞いた。クラシックが最適だそうで、それもモーツァルトが一番、という。

音楽に反応するくらいだから、人語を解さぬはずがない。人語どころか植物には記憶力もある、と言う。

ブロス著『植物の魔術』によると、こんな実験をした。二本の植物のうち一本を、ひそかに引き抜かせた。残りの一本に嘘発見器をつなぎ、何人かの人間に、その植物の前を歩かせた。すると驚いたことに、引き抜いた人間が通ったとき、嘘発見器が激しく反応したというのである。面白半分の実験ではない。学術実験だそうで、もう一つわかったことは、人間の血にも敏感であった。血を見せたら、針が動いたそうだ。

「これらの花々の名前ですが、たとえばどんな名があるのですか?」と聞くと、

「あら。いやよ、恥ずかしい」奥さんが照れた。

「人には教えないことにしているの」

「そうですか。ところで、これらにも一本ずつ名を付けているんですか?」

私が指さしたのは、るりたま薊。属名をエキノプス。まん丸い針ネズミのような花である。それが群生している。光の加減で銀色に見える。

「そうよ。一本ずつ。この花はドライフラワーになるのよ。私も作っているわ」

「ドライフラワーにする時も名を呼ぶわけ?」

「もちろん」

なんだか、気味悪い。

夕べに散る

沙羅双樹

十代のころから欠かさず日記をつけている。

三年連用当用日記、というのを用いている。一ページが三段に区切られていて、一冊で三年間使えるやつである。今年はその三段目で、今日の出来事を記しながら、ついでに昨年、一昨年の項を読む。過去をふり返ることができるから、この連用形式が好きなのである。欲をいえば十年二十年三十年連用がほしい。三十年前の今日、自分が何をしていたか、一瞬に見ることができて、なつかしいだろうと思う。

二年前の六月十五日、私は思いたって一人で鎌倉の明月院にでかけている。アジサイの群生が見たくなったのだ。

十数年前、やはりアジサイが見たくなり、房総の麻綿原《まめんばら》高原にでかけた。広大な場所で、人ひとり見えず、花は美しかったが私は道に迷ってしまい、ひどい目にあった。閑静な花見はこりた。観光客であふれる所が無難かと、明月院に白羽の矢をたてたのである。

川沿いの細い道を、老若男女が列をなして寺に向っていて、道に迷う心配はない。アジサイは大輪の群れ咲きだが、どことなく寂しい花なので、一人で眺めるより、にぎやかな見物客に混って観賞した方が、華やいで見えていい。大勢で談笑しながら観賞すべき花であるように思う。

私の目の前を、相当の老女が一人で歩いていく。十数歩あるいては立ちどまって息をついている。

「大丈夫ですか?」と私は声をかけた。明月院にたどりつくまでは結構、長丁場なのである。

老女は大船から来た、と話した。毎年、この季節に、ここに来る、と語った。年々、少しずつ足が弱っていくのがわかる、と大息をついた。

老女を置き去りにし、自分だけさっさとお詣りするのが、はばかられた。どうせ急ぐ旅ではない。気楽な花見である。私は老女の歩調に合わせて、彼女と話しながら行くことにした。

彼女は数年前、自分の臓器を医療機関に寄付した、と語った。何か世の中に役に立ちたくて、けれども自分は無能無芸の人間である。ただひとつ取り柄といえば健康で、体のどこにも故障がない。どうせ老い先短い。それで決心した。

子供や孫には反対されたが押し通した。自分は今年八十三になる、と笑った。境内に、ようよう到着した。老女はアジサイに目もくれず、私をある木の下に誘った。

見上げるような高木があった。足もとに、淡黄色の小さな椿の花がこぼれていた。

「沙羅双樹ですよ。ほら平家物語の冒頭に出てくる。日本では夏椿とよんでいます。朝咲いて夕べには散るはかない花です。私はこれが見たくて毎年ここに来るんです。沙羅双樹しろき花ちる夕風に人の子おもふ凡下《ぼんげ》のこころ。与謝野晶子の歌です。私は早く人のお役に立ちたいと願っているのに、なかなか散れなくて。この花は私の理想なの」

はにかんだように笑った。足もとの花のように可憐な笑顔だった。

いずれがあやめ

あやめ

花屋から「今月の花だより」というパンフレットが送られてきた。表紙に朝顔の種が二粒はりつけてあった。しゃれたダイレクトメールである。

そういえば花屋から中元と歳暮を贈られた友人がいる。彼はそこの店の大顧客であった。

毎日のように花を買う。女性に贈るのである。並大抵の量ではない。贈られた女性が、惘然《ぼうぜん》とする。むろん友人は大モテである。その辺を計算して贈っている。プレイボーイである。独身の彼は花に大金を惜しまない。

あんまりモテすぎて熱を出した。風邪である。会社を休んで部屋に寝ていると、彼の行きつけの花屋が、次々と花束を届けにきた。女友だちが見舞いによこしたのである。部屋中が花であふれた。

花も多すぎると、うるさい。

ノックがした。女友だちの一人が、目を丸くして立っている。彼女は一室を埋めた花に度肝を抜かれたらしい。おずおずと、手にした花を彼にさしだした。白色のアヤメの花が、ひともと。ちょうど端午の節句であった。彼女は柏餅も持参していた。自分の、つつましい手みやげに、彼女は恥じていたのである。

けれども友人は、むせ返るような量の花束よりも、一本のアヤメの清楚に感動した。

彼は「アヤメの君《きみ》」と結婚した。花屋からの付け届けは、なくなった。

友人は、自分の子供時代を思いだした。

端午の節句である。父親が、「いずれがあやめ、かきつばた」と口ずさんだ。三つか四つの彼は父の口まねをした。「いずれが。あやめか。きつばた」

「違う違う」父親が笑い、言いなおさせる。

ところが何度くり返しても「あやめか。きつばた」になってしまう。

「いいか。いずれが、あやめ、だ。言ってごらん」

「いずれが、あやめ」

「よしよし」

その時そばを通りかかった母親が、急に猛烈に怒りだしたのを、彼は覚えている。

友人は、ビデオで小津安二郎の映画を見ていた。ヒロインの友人に「あや」という名前の女性がでてくる。「あや」「あや」と親しく呼ばれている。どういう漢字をあてるのだろう、と彼はぼんやり考えていて、ふと幼時の母親の怒りを思いだした。何度も口ずさんでいるうちに、母親は、この「あや」という言葉を咎めたのではないか、と思えてきた。

「あや」はもしかすると女性の名前で、父親のガールフレンドだったのではあるまいか。母親のライバルの名だったのでは？

真相は知らない。聞くべき父も母も、もはやこの世の人ではない。

こんな推理をしたのも、自分の女好きの性は、どうやら父親ゆずりのようだからさ、と友人が笑って語った。

いずれがあやめ

ムダ花なし

茄子

キュウリの花は白だったか、黄色だったか、そんな話を知人と酒場で交わしていたら、よほど声が大きかったとみえ、隣の席の人がふり向いて、野菜に花が咲くんですか？　と口をはさんだ。

もちろん、咲く。その人は東京生まれの東京育ちで、それも下町だから、見たことがない、と言った。

いや、見ているはずですよ、と知人が笑った。知人も下町ずまいである。

下町の住人は草花や植木が好きで、例外なく玄関に鉢を並べている。季節の野菜も、栽培している。実をとるためでなく、花を楽しむのが目的である。しかし植物に関心のある者でないと、草花と野菜の区別がつかない。知人が客に、見ているはずだが気がつかないだけです、と言った意味は、そういうことである。実がなって初めて、あれはキュウリの花だったのか、とわかる。

野菜の花の話になった。どれも皆、美しい。

私と知人は、ナスの花が一番好き、ということで一致した。美しさも、一、二だろう。

ナスの花の色は、実と同様に赤紫だ、と話したら、隣の東京人が、へえ、そうなんですか、と感心した。

私が子供のころ、村に、ゴンさんという男がいた。四十か五十、あるいはもっと年をとっていたかも知れない。子供の目には、おとなの年齢は、はかりがたい。

ゴンさんは独り者で、農家の手伝いをして世を渡っていた。働き者とは言いがたい。たいていは、ブラブラしていた。食べる物がなくなると、働き口をさがす、という調子であった。少し足りない、と言われていた。

ゴンさんは、ナスが大好物だった。お金よりもナスをごちそうしてもらう方が嬉しいらしかった。ナスの料理や漬け物は、やめろ、ととめられるまで、むさぼり食った。農家の手伝いを買ってでるのも、ナスが食べたい一心らしかった。

お盆がすぎたある日、私はゴンさんが道ばたにすわって、ナスを生でかじっているところを見たことがある。仏さまのお供えもののナスである。ナスやキュウリに足をつけた供え物は、盆が明けると、川に流したり、道の辻などに捨てた。しなびたナスを、ゴンさんはいかにもおいしそうにかじっていた。私は見てはいけないものを見たような気がして、あわてて顔をそらした。

そのゴンさんが、村人のだれかにナスの苗をもらったらしく、自分の家の前に植えつけた。毎日、熱心に面倒を見ている。

やがて花が咲き実をつけたらしかったが、実が大きくならないうちに、ゴンさんは待ちきれなくて全部むしり取り食べてしまった。生でかじったかどうかは知らない。

ある時、ゴンさんが私にこんなことを言った。

「オタンコナス、と馬鹿にするけど、ナスにはムダ花は一つもないよ。みんな実をつけるよ」

ゴンさんがどういうつもりで言ったのか、わからない。

103　ムダ花なし

だから毒よ

夾竹桃

夾竹桃は東京の花ですか？　と客が聞いた。その人は東北の方《かた》で、故郷では見ない花だと話した。インドや中近東が原産地だから、確かに南国の花である。ただし交通量の激しい路傍に、排気ガスをあび埃《ほこり》まみれで平然と咲いている姿を見ると、客の言うように大都市の花という気もする。「墓場の花ですよ」と答えると、「本当に東京は墓場かもしれませんね」と相手は何か勘違いしたようだった。私は小学校の同級生の言葉を思いだしたのだが、つい話しそびれた。

私の店の前にも一叢《ひとむら》咲いていて、前記の会話になったのだが、別の日、別の客が、ご商売にぴったりの花ですな、と笑った。私は古本屋なので、埃っぽさの連想だったろうか。

花言葉の本を開いていたら、くだんのそれは「危険・注意」と出ていた。客は古本屋の怪しげな雰囲気をさしたのかもしれぬ、と苦笑した。夾竹桃の太い茎を折ると、粘った乳液がにじみでてくる。この液は有毒といわれる。花言葉は、この花の凶々《まがまが》しい部分を表現しているようだ。キノコでも植物でも有毒のものは、色といい形といい、どぎつく、かつ陰気だが、夾竹桃に限っては花弁は桃色で明朗だし、またありふれていて、それらしくない。誰も毒を秘めた花とは思わない。

小学五年生の夏、女の子が東京から転校してきた。私の隣の席にきた。彼女は美人だが無口で決して笑わない子だった。給食の行われない時代で、各自が弁当持参だった。

わが家は貧しかったので、麦飯にいつも塩漬のシソの実をふりかけただけの弁当である。

私は恥じて、弁当包みの新聞紙で囲いを作って食べた。まして隣席の子には見られたくない。ところが彼女の方も囲いを作っている。彼女の服装は東京者にしては質素だったから、私同様の粗末なおかずに違いなかった。

隙を窺《うかが》ってのぞいてみた。私は危うくヨダレをたらすところだった。なんと豪華な幕の内である。彼女は私に恥をかかせないために、自分の弁当を隠したらしい。そうと知って私はたちまち彼女に好意をもった。彼女の、いろいろなことが、やがてわかってきた。

実母は亡くなり、継母と二人きりのこと。継母を召使の如く扱っていること。ついぞ父親の姿を見ない等々。

社会科の時間に、遠足気分で古墳を見学した。野外で弁当を使った。彼女が箸《はし》を忘れたとべそをかいている。私はその辺を捜して手頃の枝を折った。ついでに花を摘んで彼女に贈った。ところが彼女は一目みるなり、これお墓の花よ、と顔をしかめた。母親の墓地に咲いていると言った。「死んだ人の花よ」「じゃ母さんの花じゃないか」「だから毒よ」そう謎めいたことを口走った。

明治十年の西南戦争で、兵隊たちが夾竹桃の枝を箸に用いて弁当を食べ、中毒した。

その記録を読んだ時も、私は彼女の言葉を思いだした。その時も彼女の言葉の真意をはかりかねて、ながいこと思いにふけったものだった。

ユカタの鷺

鷺草

鷺草の花を、男が初めて見たのは、十七歳の夏だった。

数カ月前に、栃木から転校してきた同級の女生徒と親しくなった。

八月なかばの深川八幡宮の祭礼を見に行こう、と約束したのが、最初のデートだった。

夕方、ふたりは門前仲町の深川不動前で待ちあわせた。そこから夜店をひやかしつつ、八幡さままで歩いた。

ふたりは、共にユカタ姿だった。彼女がユカタを着る、と言ったので、男もあわてて、タンスをかき回して捜した。あいにく母親が不在で、見つくろってもらえない。適当に、丈の合うのを身につけて出かけた。朝顔の柄のユカタを着た彼女が、ひと目見るなり、「やだあ、それ女物じゃないの？」と笑った。

母親のを着てしまったのである。ユカタの柄に男女の別があるのを、彼は知らなかった。彼女は彼から少し離れて歩いた。もっとも通行人の誰ひとり、彼の異装に気づく者はない。祭りの熱気に皆、浮かれているのである。

鷺草売りの露店が出ていた。彼女が花の名前を教えてくれた。田舎では珍しくない花だった。しかし東京生まれの彼は、鷺そっくりの花の形にドギモを抜かれた。にわかに、それが自然のものと信じられなかった。

彼女に贈りたい、と図ると、即座に首をふった。そして、さっさと歩きだした。男は、なぜ急に相手がツムジをまげたのか、わからなかった。

歩きながら、彼女が語った。

七歳の時、道ばたに白い花が一輪落ちていた。幼な心に美しいと感じた彼女は、それをひろって家に帰った。母にこっぴどく叱られた。白い花は、葬儀に使われる紙花だった。

縁起でもないものを持ちこんだ、と気にしていた祖母がまもなく亡くなった。そして次々に不幸が続いた。みんな自分のせいだ、と幼ない彼女は胸を痛めた。

以来、白い花がきらいになった。まして造花は見るのもいやである。本物そっくりの造花は、悪寒が走る。

「でも、あの鷺草は、本物だよ」

「本物だけど、造花みたいじゃない。だから、いや」

「可憐な花だけどねえ」

「私、ひまわりのような、たくましい花が好き」

会話を聞いていると、どっちが男か女か、わからない。

もっとも彼の着ているものは、女物である。

ふと、彼のユカタに目をやった彼女が、頓狂な声をあげた。

「やだあ。あなたのユカタの柄、鷺草じゃない？」

鷺草ではなかった。花でなく、鳥の鷺である。しかし、今しがた見た花に、そっくりの図案であった。

「この鷺はどう？」と彼がからかうと、「この鷺は好き」と彼女が彼の袖を取った。

女物のユカタは、袖が長いことを、そのとき彼は知った。

種の皮を吐く

ひまわり

私が子供のころ、近所にシバイさんという人がいた。四十になるやならずやの年だったろうが、子供の目には、ずいぶん老けて見える男性だった。片方の目が不自由で、また歩くとき右の足を多少ひきずっていた。戦争で兵隊にとられ、それで負傷したという話だった。

「どこまで本当やら。何しろシバイさんだからね」

近所のおかみさんが、そう言って意味ありげな目つきをするのを、見たことがある。

シバイさんは時々、お酒をさげて、私の家に遊びにきた。話し相手に飢えていたようである。縁側に座って父を相手に酒盛りが始まる。

わが家は貧乏だったから、満足な酒のさかなを出せない。いつもヒマワリ（サンフラワー）の種を炒《い》って出した。シバイさんはこれが大好きで、これさえあれば文句は言わない。

ヒマワリは私の家のまわりに、垣根のように植えてあった。花が好きなのでなく、種を取るためである。種は貴重な食料であった。

シバイさんは炒った種を、五、六粒ずつ口に入れ、ゆっくりと嚙みつぶし、しばらく口の中で味わってから、プッ、と足もとに黒い皮を吐きだした。

「いつものことだが器用だねえ」と父が感心する。するとシバイさんが、待ってました、とばかり大きくうなずいて、やおら語り始めるのである。

「おれが日本軍のスパイとして中国で活躍していたころだがね」

いつも同じ話をする。シバイさんの自慢話である。

「中国人に変装していたんだが、あるとき、日本人と見破られたんだ」

「どうして日本人とわかったんだい？」

何度も聞いて知っている癖に、父は問う。

「カボチャの種さ。こいつは中国人の大好物でね。しじゅう口に含んで嚙んでいる。

おれも真似して嚙んでいたというわけさ」

　プッ、と吐きだす。すぐまた何粒かつまむ。

「ところが彼らのように上手に皮を吐きだせないんだ。彼らは口の中で実と皮をよりわけて、器用に皮だけをほきだすんだ」

「見破られて、それで、袋だたきに合い、その体になったのか？」

「違う。おれの体をこんなにしたのは、日本軍だよ。スパイとして、だらしのない奴だってんで、つまり焼きを入れられたんだ。おれは日本人として日本人を憎むよ」

　シバイさんの話はデタラメだ、という人が多かった。あとで知ったが、シバイはスパイのなまりで、それも眉つば物ということで、芝居を意味するアダ名を奉《まつ》られたとの話だった。シバイさんが戦争で中国に渡ったのは事実らしい。スパイはともかく、カボチャの種の話は本当だろう。

「見破られたにしては吐きだし方は堂に入ってるぜ」父がからかうと、「そのあと必死に練習したからね。カボチャでもヒマワリの種でも、お茶の子さ」シバイさんは、まじめに答えた。

115　種の皮を吐く

ピンクのリボン

ヘチマ

小学校五年生の六月、私たちのクラスに東京からの転校生が入ってきた。F君といった。

私の近所に、村の人たちが、「ミソショウ」と呼んでいるお屋敷があった。昔、ミソを製造していた家で、大きなミソ桶が庭の隅にいくつか伏せてあった。桶は朽ちていて、遠くから垣越しに見ると、お化けでも住みそうな古家のようだった。ミソの製造はやめており、何かの理由で没落したのである。

Fはその家の親戚らしく、母と姉とで離れを借りていた。

学校の昼休みに、Fがもじもじしながら私に耳打ちする。一緒にトイレに行ってほしい、と言うのである。恥ずかしいのだろう、と私は承知した。Fは「大」の方に入った。

なかなか出てこない。ようやく扉が開いてFが現われたが、待っていた私はギョッとした。Fがシャツを顔に巻きつけていたからだ。目だけを出している。どうしたんだ、と聞くと、トイレのにおいが苦手なんだ、とシャツをほどいた。鼻をふさいでいたのである。なるほど東京っ子らしい、と私は妙なことに感心した。

それがきっかけで、Fと仲よしになった。

家に遊びにこい、と誘われた。夏休みに入ったので、出かけていった。Fの住んでいる離れ家《や》の前に、見事なヘチマ棚があった。

私たちは棚の下の縁台に腹ばって、本を読んだり、だべったりした。ヘチマの葉は、涼やかな日蔭を作っていた。黄色い花がいくつも咲き、実も何本か下がっている。褐色の大きな蜂が、何びきも花のまわりを飛びまわっている。いたずらさえしなければ、襲ってこない。私たちは日が暮れるまで、ヘチマ棚の下で遊んだ。

私はすっかりこの葉陰が気に入り、連日のようにFの家を訪れた。

ある日、ふと見上げると、ヘチマの一本に、ピンクのリボンが結んである。何のまじないか、とFに聞くと、あれは姉の目じるしだと答えた。このヘチマは自分の物、という印だそうであった。おれのもある、そう言ってFが隅の一本を指さした。それには黒いヒモが巻きつけてあった。

Fの姉は中学生で、大層な美人であった。色が白くて、東京の女性はやはりアカぬけていると村人がうわさしあった。色白なのはヘチマ水で洗顔し、ヘチマの皮でアカを落しているからさ、とFが私に言った。

東京人もヘチマを使うのか、と驚いて聞き返すと、そうじゃない、ミソショウの家族がこのヘチマ棚のヘチマを毎年送ってくれる、母も姉も市販の化粧品より肌に良いと喜んで愛用している、と笑った。

Fたち母子は翌年、東京に戻ってしまった。

それから何年かして、ミソショウの屋敷は人手に渡り、建てなおされて漬け物工場になった。見事なヘチマ棚も取り払われた。

リボンを結ばれたヘチマに私は小さな胸をときめかせたが、思えば生まれて初めて感じたエロチシズムであった。

持ちぬし

おしろい花

年寄りと同居しているものだから、うるさくて仕事がはかどらない。うるさい、というのは、テレビの音声である。耳が遠いものだから、かなりボリュームを大きくして見ている。

それも朝から夜まで、一日中である。老人は、たえず人の声や物の音が聞こえないと、落ち着かないらしい。不安になるのだろう。

楽しみにしているものを、よせ、とは言えない。しかし、こちらの仕事は小説書きである。「愛しているのに違いない、と小百合は思った」などと書いていると、「この葵の紋どころが見えぬか。ワッハッハッハ」と聞こえてくる。「ワッハハハと葵は笑った」とついうっかり書いてしまう。

家が狭いから、いけないのである。といって拡張する余地もない。近所に仕事場を構えることにした。

不動産屋さんに頼んだ。古い一軒家がよい。古い、とわざわざ断ったのは、その方が家賃が安いだろうと思ったからである。それに私は本をためこむ癖がある。本は重いから、昔の頑丈な造りの家の方が安心なのである。

二カ月ほどたって、物件をもってきた。家は、かなり古い。昭和三十年の建築という。西洋館風の、建て物である。玄関は、子供のころ通った医院のそれを思わせた。しかし、床も柱も、しっかりしている。本を天井まで積みあげても、抜けそうにない。家賃も、手頃の値段であった。もっともこの古さでは、高く取れないだろう。

庭は荒れていた。雑草だか、草花だかが、生い繁っていた。
二、三日後、再び私は下見にでかけた。今度は夕方でかけた。不動産屋さんも、もちろん一緒である。庭一面に白い花が咲いている。
「あれは、おしろい花ですね」

「そうだ。あの花は夕方近くになると咲くんですよね」不動産屋さんが相槌を打った。

「確か、紅や黄色の花もあるはずだけど、全部白ですね」

「あれ？　おしろい花って、白だけじゃないんですか？　おしろいっていうから、てっきり」

「あの花の種を割ると、白い粉みたいなのがあるんです。花の色でなく、そこから、おしろい花って言うんですよ」

「そうですか。おしろい花ねえ」

不動産屋さんが、この家の持ちぬしの話をした。元女優さんだが、年を取ったため、現在、湘南の老人養護施設に入所しているという。

「とても、お年寄りと思えないんですよ。お若く見えて。もっとも厚塗りのおしろいをつけていますがね」

「おしろいを？」

「口紅もね。まっかに塗って。着物着て。童女みたいなんですよ。笑ってばかりいて」

目の前のおしろい花の群生が、風もないのに大きく波を打った。笑ったようだった。

別にこれという欠点もなかったが、何となく気が乗らず、私はその物件を見送ってしまった。

紅をさす

松葉牡丹

知人と飲んだあと、酔いざましに町を歩いていたら、珍しや、アンミツ屋がある。私たちは期せずして足を止めた。

アンミツに舌なめずりしたのでなく、そこに、トコロテンの文字を見つけたからである。

酒を飲んだあとのトコロテンはおいしい、という話を、たった今しがた交していたばかりだった。私たちは互いにうなずきあい、店に入った。店内は広いが、若い女性で満席である。

私たち中年男は場違いな所に踏みこんだ気がした。男性はどこにも見当らない。奥の方の席が折よく二つあいた。私たちは小さくなって着座した。周囲の女性たちは、何かのパーティ帰りらしい。色とりどりに着飾って、声高にだべっている。

注文のトコロテンが運ばれてきた。スリ鉢のような形の大きなガラスの器に、品よく盛りつけられている。私たちがとまどったのは、トコロテンの上に、サイコロに切ったメロンやサクランボや、ミカン、求肥《ぎゅうひ》、アズキ等が、きれいに並べられていたことである。むろん、青ノリもかけられており、カラシも添えてある。しかし、いかにも豪華である。

メニューを、そっとのぞくと、六百円、とあった。私たちは顔を見合わせた。

「私が子供のころは、一杯五円でした」と知人がささやいた。

「ぼくも五円で食べました。昭和三十年代の初めです」私も小声で話した。

「六百円、口がまがります。女性や子供の嗜好品とも言えない」

私たちは器を前にして、しばし感慨にふけった。「きれいな盛り付けだから、食べるのが惜しい気がしますね」「何かに似ているなあ」と知人が首をかしげた。

そうだ、松葉牡丹の花だ、と知人が思いだした。なるほど、赤、黄、白、紫のあざやかな色がそっくり。青ノリのかかった細いトコロテンは、さしずめ葉と茎である。

「松葉牡丹は私、思い出がありましてね」と私と同年輩の知人が、うっとりした表情をした。

「初恋の女性を盆踊りに誘ったんです。田舎の夏です。彼女はユカタを着てましてね。人けのない所で私、彼女にキスをしたんです。長いキス。初めてのキスだったなあ。終ったら彼女がつとしゃがみましてね。道ばたに咲いていた松葉牡丹の赤い花びらをむしった。それを唇に塗ったんです。唇が、まっ赤。あれ、色のついた汁が出るんです。黄色い花びらは黄色い汁が。そして彼女が、ニッと笑ったんです。美しかったけど、なんか相手が急に大人っぽくなったような気がして、一瞬ひるんだなあ。それまで彼女、口紅をさしたことがなかったんですよ」

「いい話だなあ」何気なく相槌をうちながら顔をあげると、私たちの眼前いっぱいに、松葉牡丹の花畑がひろがっていた。いや若い女性たちの色とりどりの服装が、酔眼に、ま夏の暑い日ざしの下に咲き乱れる、それの如く映ったのである。トコロテンの、いわば幻術であった。

見込み違い

山百合

花切手、をご存じだろうか。

一九六一年に郵政省が発行した十二種の、花の図案切手である。毎月一種ずつ、その月にふさわしい花を選んで、図柄とした。多色刷りの美しい切手である。

一九五八年ごろ、猛烈な切手ブームが起こった。私はいなかの中学生であったが、ご多分にもれず、これの収集に熱中した。クラスで集めていない者を数える方が早いほど、大流行した。

そのころ、「月に雁」や「見返り美人」の記念切手が高価で、これを持っている者は、英雄視された。私の同級生が、「見返り美人」の使用済みを一枚、ストックブックに忍ばせていて、自慢の種であったが、その切手たるや、肝心の美人の顔の部分が破れていた。値打ちとしてはゼロに近かったが、それでも私たちは、本物の見返り美人切手ということで、大いにうらやましがった。

中学時代の切手収集趣味は、長じても、ずっと続いていた。切手ブームはもはや終っていたが、花シリーズの切手だけは、見た目の美しさから人気があって、いつも早々と売り切れてしまう。

ちなみに一月は水仙の図案で、以下、二月が梅、三月椿、四月山桜、五月が牡丹で、六月が花しょうぶ、であった。

私は一月の水仙を買いそびれた。仕方なく切手商で求めたが、額面十円のそれが、五十円、実に五倍の値段である。二月三月四月の切手もそれぞれ高い。私はこの花シリーズは将来、相当に値上りするに違いない、とにらんだ。

それで七月の山百合の発行日には、早朝から郵便局に駆けつけた。それでも四、五人並んでいる。あとで知ったが、皆、切手商であった。

二十枚一シートを、一人で五十シート、八十シート買いこむ。私も彼らにつられて、十シート確保した。もうけてやろう、という欲からである。

一年ほどたって、小遣いにこまって、私は切手商に一シートだけ売りに行った。

額面でしか引き取れない、と言われて、愕然とした。

百シートくらいまとまっていれば、額面に五パーセント色をつけて買う、と言われた。六月分までは発行数が八百万枚だったのに、ひっぱりダコなので、七月分から、べらぼうに増やした、そのため切手の価値がなくなった、と説明された。一足違いで、私はもうけそこなったのである。

やむを得ず、自分で使うことにしたが、季節ものの図案というのは、まことに工合悪いもので、冬に山百合、はいくらなんでも気が引ける。使う時期が限られてしまう。

夏に用いるつもりで、しまっておいたが、そのうち忘れてしまった。もうけそこなったショックで切手熱が急激にさめてしまったのである。

先日、引き出しの中からその山百合の切手シートが見つかった。三十四年前の百合はすっかり色あせて生彩無く、押し花のようだった。

浦島太郎

ダリア

母をつれていなかに帰った。十五歳で上京して以来、父の葬式で帰ったきり、実に三十年ぶりの帰郷である。

母が先祖の墓まいりをしたい、とせがんだのである。私のいなかは盆を旧暦で行うが、乗り物が混むので、時期をはずして出かけた。

まず母の実家に寄る。叔父夫婦といとこが健在で、めったに帰ってこられないのだから、ついでに、島名の家にも立ち寄っていけ、と勧められた。島名は母のはとこだか、またいとこだかに当る家だそうである。いなかに帰ると、こちらに顔を出しながら、あちらに出さないと、あとで面倒なことになる。その点がわずらわしくて、私はつい故郷に無沙汰を重ねたのである。

「達郎さんは覚えていないか？　六つか七つのころ、おれと一緒に島名へよく遊びに行ったよ」といとこが言う。いとこは私と同い年である。私は覚えていない。

「行けば思いだすよ」いとこが言い、車を運転して連れていってくれた。

「ほら、あのケヤキの木、思いださない？　島名の二郎さんと二人で登ったろうが」

全然、記憶にない。島名の家は七十年前に建てられた古い農家だそうだが、全く覚えていない。裏に池がある。私は池の鯉にエサをやろうとして、岸から足をすべらせ、池にはまった、といとこが言う。池の周囲は粘土質で、なるほど、つるつるとすべる。

ケヤキに登ったとか、家の形とかは忘れても、幼児にとって池に落ちるなどは大事件だから、覚えていないはずがない。しかし全く記憶にない。別人と間違えているのじゃないか、といとこに確かめたが、そんなことはない、と笑う。

「いや、池に落ちましたよ。大騒ぎでした」

島名の人たちも口をそろえる。なんだかキツネにつままれたような気持ちだ。

「池から私らがひきあげたら、達郎さんが、いいお湯だった、と言ったので、皆んなで大笑いしましたよ」

うか？

「そんなことを言いましたか」

六つか七つの子供が、そんな気のきいたセリフを吐いて、人の受けをねらうだろうか？

「キツネに化かされているよ、と皆んなで大笑いしました」

島名家の者が口々に証言する。

化かされているのは、今ではないのか、と思う。最後まで、島名家の記憶がよみがえることはなかった。私は記憶力がよい方だが、奇妙なほど、何ひとつ思いださなかった。

帰りがけ、ある農家の垣根に、菊に似た花が咲いていた。いとこに名を聞くと、

「あれはダリアだよ。ダリアくらい知っているだろうが」とあきれられた。

「この辺では浦島草と言っているけどね」

「浦島草？　浦島太郎の浦島かい？」

「だろうと思う。浦島さんは長生きだったろう。花期が長いのにひっかけたんじゃないか」

「浦島太郎か」今の自分がまさにそうじゃないか、と思った。

寿命　ダリア

ダリアって夏の花だっけ？　それとも秋だっけ、と昔、女友達が言った。

「いつまでも咲いている花って、好きじゃないわ」とそのとき彼女は憎々しげにつぶやいた。

確かにダリアは、花期が長い。

この花が好きじゃない、と言った女友達は、若くして死んだ。一日でしぼんでしまう花のような女性だった。

ある時代小説を読んでいたら、ダリアが咲いている場面に出くわした。幕末の、話である。当時この花は日本にあったのだろうか、と疑問に思い、花の本を調べたら、小説の通りだった。江戸時代の末に、渡来したとある。

十数年前、ある家に本を買いに行った。新聞記者の客で、仕事でヨーロッパに赴任する、一切合切、整理するのだと言った。

「本屋さん、花をもらってくれないか」と頼まれた。

庭先にポンポンダリアが咲いていた。

「別に、どうというダリアじゃないのだが」とその人が話した。

父が育てていたダリアだという。もう何十年もこの庭に咲いている。枯らしてしまうのは、なんだかかわいそうで、と言った。

花も生きものである。客の気持ちはよくわかった。私は改めて出直し、全部は引きとれなかったが、四、五株わけてもらった。

半分を友人に助けてもらった。この友人は花好きで、ダリアの由緒を語ったら、二つ返事で引き受けてくれた。

私は猫のひたいの庭に植えた。翌年の晩夏に、花をつけた。黄色い花だった。

友人宅のも咲いたという。やはり黄色だ、と電話で報告してきた。

十一月に入っても、咲いていた。

ある日、友人が電話をよこし、お前のとこのダリアはやはり黄色か、と異なことを聞く。ちょいと見てくれ、としつこく頼むので、庭をのぞくと、こはいかに、いつのまにか花が赤いのである。

やっぱりなぁ、おれのとこのも赤いんだ、不思議だ、と友人が不思議がる。

ダリアはアジサイのように色が変るのか、と聞くと、そんなはずはない、と否定した。

そんなはずがないのに変るから不思議なんだ、とつぶやいた。

まもなく、私の所のダリアが突然枯れた。ところが同じように友人宅のも枯れたのである。どういうことだろう、と友人が首をひねった。花好きの彼にも、理由がわからないらしい。

翌日、新聞を読んでいた私は、あっとのけぞった。ダリアの元の持ち主が、事故で亡くなった記事が出ていた。

しかし果たしてダリアの枯死と因果関係があるのかどうか。単なる偶然かも知れない。

翌年、芽が出るかと期待していたが、だめだった。友人はたぶん寿命だったのだろう、と言った。あるいはそうかも知れない。

139　寿命

福神よ再び

胡蝶蘭

胡蝶蘭、を、私はつい先ごろまで知らなかった。名前くらいは耳にしていたが、実際に花の姿を見たことがなかった。何より高価な花だ、ということを知らなかった。貧乏人には縁のない花なのである。

週刊誌のコラムに、こんな話が出ていた。地方ニュースのダイジェストである。高名なやくざの組長宅で、組員が突然、呼吸困難を起こして倒れた。原因がわからない。他にも息苦しさを訴える者が続出し、大騒ぎになった。

犯人は、やがて突きとめられた。胡蝶蘭である。

組長の誕生祝いに、配下が次々とこれを贈った。閉めきった一室に鉢植えをずらり並べておいたら、花びらが大きいため大量の酸素を取りいれ、二酸化炭素を吐きだす。要するに「酸欠」状態を作ったわけである。あやうく「胡蝶蘭殺人事件」となるところだった。小説のようだが、実話である。

年頭、思いがけなく私は、ある賞をちょうだいした。新聞やテレビで受賞が報じられるや、お祝いの花が入れかわりたちかわり届けられた。胡蝶蘭の鉢もあった。数えると、六鉢もきた。

私のすまいはウサギ小屋にも劣る狭い借家ゆえ、置きどころがない。部屋が生花で埋まり、私ども夫婦が床をとって寝ると、なんだかお棺に横たわった仏さまの気分である。

生花だから、日ごとにしおれていく。もったいないので、近所や知りあいに配った。お祝いのお裾分けだから、皆さん心よくもらってくれた。

胡蝶蘭の鉢も、小さなのをふた鉢残して、知人にさしあげた。高価な花とは知らなかったので、気前がよかったのである。

手もとに残したふた鉢は、しばらく私どもを楽しませてくれた。そのうち花が終って茎だけになった。植物に関心がない人間はしようがないもので、花弁が散ったとたんに花の存在を忘れてしまった。

さきの週刊誌の記事を読んで、思いだした。時、すでに遅し、高価な花は、かわいそうにすっかり枯れていた。私はお裾分けした知人に電話した。

いずれも花は健在で、つい最近、見事な白い蝶々の形の花弁を開いたそうであった。

「なんだ、お前のところのは枯れてしまったって?」と友人が言った。

「あの花はお前、安いものじゃないぞ」とその時、胡蝶蘭の時価を教えてくれた。

「お前の福をわけてもらったせいか、あれから良いことが次々と起こって、いやあ笑いが止まらない。胡蝶蘭は高価というが、それだけの値打ちがあるよ」と友人が高笑いした。

良いこととの内容は、教えてくれなかった。ただ彼の場合も、花が散って勢いがなくなり、枯れたのか、とあきらめていたそうであった。ある日突然、芽が伸びてきて花をつけたとのことだった。してみると私の所のも完全に死んだといいきれぬ。私は未練気に鉢のコケを湿らせては、再度の福神到来を祈っている。

父親の花

ハイビスカス

独身主義を標榜していた友人が、どういう風の吹きまわしか、突然、結婚した。四十九歳というのは厄年だから、結婚をしてはまずいだろうね、と聞くから、おかしなことを言うものだと思っていた。その友人は、四十九だったのである。

「気になるなら、おはらいをしてもらえばよい。どうせ結婚式は神前だろうから、都合よいよ」「いや、おれは結婚式は挙げないつもりだ」

「なんだ。あんたの話だったのか。でも、結婚式は形だけでもよいから、挙げた方がよいよ。あんたはいいとしても、女性にとっては、夢だからね」

「嫁さんは夢見るような年じゃないんだ」

「年は関係ないよ。あとで、うらまれるぜ」「照れくさいよ」

「なら、二人だけで行なえば？　礼装で記念写真を撮る。それだけでも感謝されるよ」

「そうかな」とずいぶん迷っていたようだったが、九州天草の教会で、二人きりで挙式をした。

「カミさんが白のウェディングドレスを着たいと、せがむんだ。それはいいが、記念写真を撮影する時に、胸に日の丸の旗を広げるものだから、まいったよ」

「日の丸の旗？　なんだい、それ？」

「うん。カミさんの父親が戦争で出征する時に、会社の同僚が日の丸に寄せ書きをしたらしい。その旗を持って兵隊に行ったそうだが、戦死したんだ。旗が唯一の形見なんだよ」

「すると、カミさんというのは」

「そう。おれより、四つ年上」と照れた。

「よかったなあ」

「妙なカミさんでね、ベランダに、いろんな空き箱に土を詰めては並べてる。花でも咲かせるのかと思ったら、シソだの、大根だの、パセリだの、みんな実用的なものを栽培している」

「妙じゃないよ。よい奥さんじゃないか」

「そうかな。おれは美しい花の方がいいと思うけどな。どうも最初から世帯じみてるんだ。言い草が変っている。万が一、戦争にでもなったら、花では命をながらえることはできません。青物があれば、がんばれます。そう言うんだ」

「戦争か。お父さんのことが頭にあるんだな。かわいそうに」

「妙といえばね、さっきの結婚写真だけど」

「日の丸の旗を広げた？」

「そうそう。出来あがった写真。といってもプロに撮影してもらったんじゃないんだ。教会の女性に、シャッターを押してもらったんだが、ちょいと、ピンボケなんだけどね」

「カラー写真？」

「そう。胸に広げた赤い日の丸がね、ハイビスカスを飾ったように見えるんだよ」

「ハイビスカス？」

「あれ、南国の花だよね。父親は南方で戦死したらしいんだ。日の丸が南の花に見えるなんて、妙だろう？」

赤い虫

ジギタリス

「夏の日向《ひなた》にしをれゆく／ロンドン草《さう》の花見れば、／暑き砂地にはねかへる／虫のさけびの厭はしや。」

北原白秋詩集『思ひ出』の中の、「ロンドン」と題する一編。

「はて、ロンドン草とは聞き慣れない名前だが?」と注釈を読むと、これは白秋の故郷、九州は水郷柳川地方の言葉で、松葉牡丹のことだそうである。

『思ひ出』には、いろんな草花の名が出てくる。そのひとつ、題は、「蛍《ほたる》」

「夏の日なかのヂキタリス、／釣鐘状《つりがねがた》に汗つけて／光るこころもいとほしや。／またその陰影《かげ》にひそみゆく／蛍のむしのしをらしや。」

小説を書いていて、子供の、ままごと遊びのシーンを作らねばならなくなった。

私は男だから、ままごと遊びの経験がない。いや、あったかもしれないが、記憶に残っていない。男の子は、どうせ客の役か父親の役で、ムシロに座って、土のダンゴをごちそうになるだけである。

女の子は、木の実や花などを食べ物に見立てて、木の葉や何かに盛って並べる。ごちそうを作る側は楽しいが、食べる方は、さして面白い遊びではない。だから思い出にないのだろう。

私は小説で、幼い女の子が、どのようなごちそうを、何の花や葉を用いてこしらえたか、細かに書く必要があった。そこで、カミさんに聞いてみた。カミさんは東京の生まれである。あるいは、ままごとなどしなかったか、と思ったが、遊んだ、と言う。

仲よしの女の子が近所に二人いて、よく遊んだ。中の一人を、カズイさんといった。

カズイさんの家の庭が、かっこうの遊び場だった。花壇のそばに竹で編《あ》まれた縁台が置いてあって、大抵そこで、ままごとをした。

どんなごちそうを作ったか。今となると、あまりよく覚えていないが、ひとつだけ、忘れられないものがある。

ある日の、ま夏の午後だった。暑いので、外ではなく、カズイさんの部屋で、人形遊びをしていた。

カズイさんが、人形に紅茶を飲ませるわ、と言って庭におりた。ジギタリスの花を一つ摘んできた。花の形から、紅茶のカップのつもりだったのだろう。それを人形の口元に当てたとき、もう一人の子が、あっ、それ、毒よ、と叫んだ。

「うそ!」

カズイさんが、あわてて花びらを放りだした。畳にころがった「紅茶のカップ」から、赤い糸のような虫が這いだしたというのである。血が流れたように見えた。

その虫が何であったか、わからない。ただ、大人になって、ある本を読んでいたら、ジギタリスの葉には毒がある、とあった。友だちはそのことを誰かから聞いていたのだろう。

この話、小説に使うべく、今、赤い虫の正体を調べている。

将軍の遺愛

サボテン

　ある晩、バーで隣にすわった年輩の客が、和紙にくるんだ品物を、大事そうにカウンターに置いた。私は友人と語らっていたのだが、話に身が入って、つい手まねが大きくなる。ときどき和紙の包みに触れそうになる。すると持ちぬしが、あわてて包みをずらす。よほど大切な物らしい。好奇心にかられて、聞いてみた。

「トゲが生えているものですからね、さわると痛いんですよ」と客が苦笑した。私と同じ年輩の中年男である。

「栗のイガですか？」

　秋の、ころだった。

「いや、サボテンです」と客が答えた。「サボテンの鉢です」

「サボテンですか」

なんだ、大したものじゃない、と内心さげすんだのである。

「ところが普通のサボテンじゃないんです」

と客がこちらの思惑を敏感に読み取ったように、つけ加えた。

「といいますと？」

「江戸時代のサボテンなんですよ、これ」いささか得意気に注釈した。

「江戸時代？　本当ですか？」

「本当です」

客がていねいに和紙をはいだ。変哲もないサボテンが現れた。

「サボテンて、そんなにも生きるものなんですか？」

「まさか」客が苦笑した。

「根を分けて、連綿と続いているんです」

「由緒のあるものなんですか、これ？」

「なんでも十五代将軍慶喜公の遺愛のものの血をひくそうでして」

「えっ、将軍遺愛の？」

私と友人ばかりでなく、バーにいた客全員が目を丸くした。皆、顔を近づけて「拝謁」に及んだ。

サボテンの客がひきあげたあとで、本物だろうか、と議論になった。サボテンは本物でも、客の語る来歴は怪しいものだった。第一、江戸時代にサボテンが日本にあったかどうか。将軍が愛したという「お墨つき」もないのである。ていよく、からかわれたのだ、と私たちは苦笑した。酒席につきものの、毒にも薬にもならぬ笑い話で、別に腹も立たない。

ところが近ごろ、私は必要あって江戸川柳の本を開いていたら、サボテンの句に出会ったのである。江戸っ子たちは、これを愛していたようなのである。すなわち、「よつほどな機嫌さぼてん買て来る」。露店の植木屋をひやかしているうちに、つきあわされたのだろう。「さぼてんを買つて女房にしかられる」。こんな物、なんの役に立つか、と怒られたのである。サボテンの汁は石けんの役をした。石けんをシャボンという。サボテンの名はこれからきている。してみると日本に渡来したのは、ずいぶん古そうだ。将軍遺愛の客の話は、まんざらデタラメでなかったかも知れぬ。

火の如く血の如く

葉鶏頭

健男は私の幼なじみだが、この名前を記すたび胸が痛む。健男の親は末っ子の健《すこ》やかならんことを、神にすがるように念じて、命名したに違いないのである。両親とも寝たり起きたりの生活だった。健男の兄は結核で入院しており、姉もいつも力のない咳をしていた。

健男もしょっちゅう風邪をひいていた。実をいうと私は彼との交際を親にとめられていたのである。うつるといけない、と言われた。

健男は頭のよい子で本が好きだった。私は彼の豊富な蔵書が目あてで、つきあっていたのである。

あるとき橋の上から健男が川に向って唾《つば》を吐いた。唾は水面に当ると、しぶきになって散った。達ちゃんも吐いてみろ、と命じる。

私の唾は固まりのまま水中に沈んだ。健男がうす笑いをうかべながら解説した。水に広がらない唾は病気もちだ。僕は兄のを見て知っている。

私は、戦慄した。何度も吐いてみたが、やはり拡散しない。

同じころ学校で、ツベルクリン反応の注射があった。それまで私はなんの異常もなかったのに、その年に限って腕全体がまっ赤に染まった。

私は恐怖にかられた。人に知られるのを恐れ、腕まくりをはばかった。発赤はいつのまにか消えていたようである。

健男と唾を飛ばしあった橋が洪水で流され、新しく架けかえられた。開橋式に、村の四代夫婦が渡りぞめした。一番年寄りの夫婦が九十に近い年齢だった。ひとつ屋根の下に四組の夫婦が仲よく暮している家として、村でも有名だった。私と健男も四代夫婦の列について渡りぞめした。紅白の餅をもらった。

東京日本橋の開橋式には、五代の夫婦が渡りぞめした、と健男が語った。そんな馬鹿な。五代ともなれば最長老は少なくとも百数十歳の勘定になる。

本に出ている、と持ちだしてきた。元禄十二年の記録として確かに出ていた。

一体どうしてこんなに長生きできたのだろう、と私たちは話しあった。秘密の食物や法があるのか。四代夫婦の家を偵察してみよう、と一決した。子供らしい好奇心である。

私たちは早速でかけた。垣根の隙から家の様子をうかがった。庭先にまっ赤に色づいた観葉植物が幾株かある。あたかも炎のように日ざしに輝いている。

葉鶏頭だ、と健男がささやいた。あれだ。あれが長生きの薬だ、と興奮している。不老不死の薬と本に出ていた、と顔を紅潮させた。

のちに知ったのだが、健男の勘違いで、薬ではなく、葉鶏頭の花言葉が不老不死なのである。

私たちは夢中でその赤い葉を一枚ずつ失敬した。急いで逃げ帰った。戦果を比べると私の方が健男のより大きかった。うらやましがるので交換してやった。健男が実に嬉しそうに胸におし抱いた。兄の見舞いにする、と言った。

しかしその健男は中学卒業の直前に亡くなった。葉鶏頭のように鮮やかな血を吐いて死んだ、と聞いた。

隠れミノ

吾亦紅

のっけから、びろうな話で恐縮の至りだが、昨秋、私は何十年ぶりかで立ち小便をした。

町の中でではない。高原である。

一人でではない。「関東の連れ小便」というけれど、先輩のA氏と一緒であった。ある高原に遊びに行った。茶屋でビールを飲み、酔いざましにA氏と散策に出かけた。奈良の若草山のような草原である。ゴルフ場のグリーンを歩いているようなものだった。道に迷う心配はない。何しろ散策している人たちの姿が、遠くから見える。それはよいが、こまったことに生理現象が起きた。茶屋に戻るには、遠く来過ぎた。そこらでやるには、やるべき物蔭がない。人の目にさらされてまでする勇気がない。私とA氏は、必死で探した。前方に、ススキの草むらが見える。私たちは走っていった。

　ところが折角の草むらだったが、近づいてがっかりした。若いカップルが何組か寝ころがっているのである。彼らにとっても恰好の隠れ場所だったのだ。

「ああ。こんなとき隠れミノがあったらなあ」Ａ氏が、それこそ本当に地団駄を踏んだ。

　もはや、きれいごとを言っていられない。タンクが破裂寸前である。

　私たちは人の姿がはるか遠方にある方を向いて、とうとう、やってしまった。並んで、放水したのでない。二人、やや離れて、互いに知人でない振りをして、放水した。びくびくしながら放つ小便というのは、どうしてあんなに長いのだろう。いいかげん切りあげたいのに、一向に止まらないのである。

　ようやく、終った。Ａ氏が笑いながら、自分が今しがた流した所を指さした。

「ごらんよ。これ、吾亦紅《われもこう》じゃないか」

　誰かが投げ捨てたものらしい。桑の実に似た花をつけたそれが、ひと枝、折り取られ横たわっていた。

「吾亦紅ですね。花に小便をかけたんですか？　かわいそうに」

「君は、どこに向って小便した？」

「どこにって、草ですが」

「草の中に何かなかった？」

「別に」と自分の小便あとを見ると、草むらにチューインガムの銀紙が丸めて捨ててある。それがぬれている。

「ほら、それだ」A氏が手を打った。

「つまり僕らは無意識に障害物を探していたんだ。自分の身を人の目から隠す物。僕はこの吾亦紅。君はガムの包み紙。立ち小便て、何かの蔭でないと、落ち着かないじゃないか。僕らはこれを隠れミノにしていたんだよ。無意識にね」

「なるほど、隠れミノですか」

「それにしても吾亦紅とはな。俳句にならんかな。吾亦紅、立ち小便を隠すかな。小便の尽きるまで見る吾亦紅。関東の連れ小便よ吾亦紅。吾亦紅、われは小便する男。どれも、まずいね」

私たちは大笑いした。

山うなぎ

とりかぶと

二十数年前の話である。

古本屋の私はある人の紹介で、山梨県のかなり山奥に本を買いに行った。バスの終点から小一時間も歩く、心細い限りの不便な場所に、目ざす家はあった。

私は年下のK君という学生と一緒で、K君はそのころ本の買い出しの手伝いをしてくれていた。山男で力持ち、頼りがいのある学生であった。

昼すぎ、私たちはようやく客の家に着いた。山中に、ポツンと一軒あった。紹介者の話では、理由あって世捨てびとの生活を送っている人とのことだった。大変なあばら家である。

私たちがためらいながら声をかけると、庭の方から返事があった。紫色の花畑から老人が立ちあがり、こちらをにらんでいる。泥だらけの軍手をはずしながら歩いてきた。

用件を伝えると、すぐに座敷に通された。驚いたことに四畳半の部屋いっぱい、古い本だらけである。郷土史の本が大半であった。

老人は全部売るから値を踏んでくれ、と言った。私は大わらわで査定にかかったが、何しろ大量で、一向にはかどらない。日が暮れてしまった。老人が泊まっていけ、と勧める。

山の中だし、お言葉に甘えるしかない。夕飯をごちそうになった。酒を強《し》いられた。

酒のサカナに刺身でも出そう。そう言って老人が台所に立ったと思うと、大きな皿に、カマボコを切って盛りつけてきた。喜んでつまもうとすると、そのカマボコが、いきなり動いたのである。同時に切り口から、赤黒い血が流れ出た。私とK君はギャッと叫んで、とびあがった。カマボコと見えたのは、皮をむいたマムシの切り身だったのである。

老人が笑いながらひと切れ箸でつまむと、ひょいと口に入れた。だまされたと思って食べてみろ、と言った。山ウナギだ、こんなおいしい物はない、と勧めたが、私もK君もふるえが止まらず、吐き気を催してきた。

二人とも庭先に出て、上げてしまった。月の明るい晩で、目の前に花畑があった。昼間、老人が手入れをしていた紫の花が咲き乱れていた。あとで知ったが、とりかぶとの花である。この花は根に毒を持つ有名な植物である。

老人がどういう理由で、毒の花を丹精していたのか、わからない。月の光で見る紫の花は、この世のものとは思えない、妖しい雰囲気をただよわせていた。

この時の商談は、結局まとまらなかった。

老人は、マムシの刺身で、私たちの心を試したらしい。老人の好物を素直に受け入れてくれる者だけを、信用したようだ。

というのは、のちに私の同業が、こちらは出されたマムシを食べて、老人の蔵書をすべて買い取ることが出来たからだ。なぜ老人が、そのような試験を施したのか、わからない。

当時老人は八十すぎ、多分もう生きていまい。とりかぶとの畑は、どうなったろう。

167　山うなぎ

文通の相手

コスモス

コスモスさんから、手紙をいただいた。

三十数年ぶりである。筆跡というものは、変らないらしい。昔のまんまの、大きくて、いかつい文字である。なつかしかった。

私の小説を愛読している、とあった。有名になられて、わがことのように嬉しい、とあった。あなたは必ずや小説家になるだろう、と確信していた。私の予想は的中しました。読んで私は、赤面した。

コスモスさんとは、中学生向き雑誌の読者文通欄で知りあった。当時私は切手の収集に夢中で、一枚でも多く集めたかったから、文通希望の広告を出した。たくさんの読者から反応があった。

秋桜、という妙な名前の中学生から申し込みがあった。その子のくれた封筒には、私がほしくてたまらなかった記念切手の一枚、マナスル登頂記念のそれが貼ってあった。私はイの一番にその子を文通相手に選んだ。

あきお、と読むのであった。私たちは息が合い、ひんぱんに手紙をやりとりした。秋桜は三重県の男子中学生であった。

彼は一級上の女生徒に恋していて、その片思いの様子を、くどくどと報告してきた。つられて私も、自分の恋を告白した。ある人妻を愛しており、あるまいことか、のっぴきならぬ関係にまで進んでいる、と告白した。

嘘である。私は小説を書いているつもりで、秋桜に語っていたのである。

中学を卒業すると、私は東京に就職することになっていた。しかし秋桜には、東京の有名高校に進学すると嘘をついた。秋桜は金持ちの子らしかったので、恥ずかしかったのである。人妻と恋愛するような中学生が貧乏であっては、ロマンにならなかった。

ところが秋桜の方は、大阪に出て就職する、という意外な成行である。もっと意外だったのは秋桜の告白であった。

自分は男でなく女性で、文字が男っぽいので正直に告げられなかった、金持ちどころか貧乏で進学どころでない、嘘をついてごめんなさい、文通はこれで打ち切りにしましょう。とあった。

私は自分こそ嘘つきだった、とわびた。君をあたかも小説の読者のように見ていた、と弁明した。秋桜から返事はなかった。

コスモスの日本名を秋桜と称する、と人に聞いたのは最近のことである。花言葉は「おとめのまごころ」だそうだ。

コスモスって、はかなげな花ですよね、とその人に言うと、とんでもない、と手をふった。風になぎ倒されても、すぐに起きあがって咲き続けます。たくましい花ですよ、見かけと全く正反対です、と力説した。

秋桜さんはこの三十数年、言うに言われぬ苦労を重ねたらしかった。しかし現在は幸せに暮らしているようだ。

私はなつかしさに返事を認めたのだが、改めて彼女の手紙を見ると、彼女の住所がどこにも記してない。封筒には、秋桜、とだけ。往年のような気楽な文通再開とは、ならなかった。

家紋

桔梗

昭和三十三年一月二十四日（金）号の、「毎日中学生新聞」が、引き出しの奥から出てきた。黄ばんだ紙面をひろげると、読者文芸欄に、「出久根という姓」という題の私の作文が掲載されている。高木大五郎・選でなんと「特選」。当時、私は中学の二年生だった。

「(略) さて、どうにもがまんのならないのは、ぼくの姓である。出久根達郎―こう書けば、それでもどうやら人の姓名らしく感じられるが、ただ単に、出久根―と書いただけでは、何かまっ香くさいぼん語めいて、ちっとも人の姓らしい親しみはわいてきそうもない。出久根なんて、自分ながらまったく珍妙な姓で、恐らく全国にも類がないであろう。いや、広い世間のことだ。ひとりぐらいはあるかもしれない—そう思って、雑誌などによくのっている何万という愛読者や、懸賞当選者などの名前を、いちいち目をとおして見たこともあった。が、出久保というにかよった姓は見つけたが、出久根だけはとうとう見当らなかった。姓名なんて、ただ人間のフチョウに過ぎないといえばそれまでだが、それにしても同じフチョウなら、外に何か、もっと気のきいたのがあったろうにと、残念でならない。

父がずっと若いころ、東京の学校に入っていた時分、先生から出席をとる名前を呼ばれるたび同級生たちからワッとはやされて、ほとほと閉口したものだと語ることがある。

ぼくはその点、いなかの学校で、近所にも同じ姓の人があるくらいだから、別に笑われるようなことはないが、それでも級友がぼくを呼ぶ時、出久根をわざとなまって、「おい、できねィ」などといわれたりすると、さも能なしの人間らしく聞えるし、また出久根を省略して「出久さん」とでも呼ばれようものなら、それこそまるで、でくのぼうあつかいにされたようないやな気持になってしまう。（略）とにかく出久根なんて、こんな珍妙な姓を、一体いつごろの先祖が、どんな気持でつけ出したものだろう。

「おれの先祖は、明智光秀の流れをくむものだよ。家紋のキキョウが何よりのしょうこだ。たとえ三日間にしろ、天下をとったご先祖なのだから、お前もしっかりしなくちゃ――」父は折々、真面目らしく語ることがある。真偽のほどはわからないが、いかに戦国時代のならいとはいえ、そして信長にも幾つかの悪い点があったにしろ、大切な主を殺した人の子孫だなんて、自慢にもならないように思う。」

父の墓石を建てる時、石屋さんに家紋を聞かれた。私は知らなかったのだが、桔梗にしても、いろんな形があるらしい。私はわが家の紋を見たことがない。桔梗紋ということだけ頭にあったのである。

桔梗をデザインの、一番スッキリとした紋を彫って下さい、と頼んだが、石屋さんもこんな注文は初めてだったろう。父の墓石にはどこの家紋か不明の、とにかくも桔梗紋が彫られている。出久根の姓も珍妙だが、家紋だって妙である。

茶堂の茶

彼岸花

彼岸花が好きだ、と言うと、たいていの方が、けげんな表情をする。私も大好きです、と賛同する方と、まだ一人も出会わない。

墓場に咲いている花なので、別名を死人花《しびとばな》。不吉なイメージがわざわいして、人気のない花の筆頭である。

あのまっかな色と、変った形がよいのだが。

三年前の夏、高知の檮原《ゆすはら》町に出かけた。山の中の、小さな町である。段々畑の裾に、わら屋根のお堂がぽつんと見える。

茶堂といって、江戸時代に、道をいきする旅人のお休みどころとして設けた、無人のお堂である。檮原町には何カ所か残っていた。

私の連れが、「あの赤く燃えているのは何だろう？」と指さした。茶堂の前に、確かに、火が見える。茶堂は町の文化財である。あるいはハイカーが不用意にタバコの吸い殻を捨て、その残り火が何かに移ったのではないか。あたりに人影は見えない。

私と連れは、急いで畑を登っていった。

なんのことはない。火に見えたのは、彼岸花であった。風に揺れて、炎そっくりに見えたのである。

彼岸花、ととっさに思いうかばなかったのは、八月の初めであったからで、私の記憶には、九月中旬から十月にかけて満開の、田舎の光景があったからである。もうひとつ。

連れが、「いやな花だなあ」と言った。

「この花には緑の葉がない。どうも気味悪いよ」

彼岸花は花が終ってから、葉が出てくるのである。つまり遠見には、植物と見えない。畑の中で火が燃えている、としか思えない。

私たちは茶堂の縁に腰かけて、休んだ。急な坂をかけ足で登ったので、息が切れた。縁の端に、ドッジボールのボールほどもあるヤカンが置かれてあった。こげ茶色の茶が入っている。「ご自由にお飲み下さい」と、ヤカンのそばに書いてある。湯のみも置いてある。

色から判断して、緑茶ではない。麦茶の色に似ているが、香ばしい麦の匂いがしない。なんの茶か得体が知れない。しかしノドがかわいている。私たちは湯のみで飲み干した。おいしい。畑の様子から桑の葉茶かも知れないと思われた。何杯か飲んだ。そして、ふと目の前の彼岸花を見たとき、子供のころを思いだした。かわいがっていた猫が死んだので、家の近くの土手に埋葬した。墓標を立てたその近くに、翌年、一輪の彼岸花が咲いた。墓場にこの花が咲き乱れるのも、死者の生まれ変りに違いない、と子供心にそう思った。

その話をすると、連れが顔色を変えた。

「もしかすると、この花の下に死体があるのじゃないか。そしてその死者は、もしかして、この茶堂の茶を飲んで……」

連れの想像は、私をギョッとさせた。「まさか！」

二人とも何杯も飲んでいる。しかし、私たちは彼岸花になることもなく、今も元気で、茶堂での経験を茶のみ話に時々笑いあっている。

木の葉のお札

萩

三年前の夏、小説の取材で高知を訪れた。初めての土地で、右も左もわからない。まずは、ごく一般的な観光めぐりをした。

五台山に登り、そこから高知市内や浦戸湾をながめる。近くに竹林寺という、四国巡礼の第三十一番札所がある。例の、はりまや橋で坊さんカンザシ買うを見た、ヨサコイヨサコイの、坊さんがいた寺だという。実在の人物であったのか、それなら是非おまいりしよう、と足を向けた。

私ども夫婦を案内してくれた方が、寺の事務所に走っていった。お坊さんが境内や建物の説明をして下さるという。

ほどなく若いお坊さんが現れた。観光客のガイドをつとめる係の方、とてっきり思いこんでいたら、ご住職である、という。

忙しいのに、わざわざ、案内の労を執《と》って下さったのである。

私どもはすっかり恐縮してしまった。竹林寺は由緒のある古寺で、規模も大きい。その寺のご住職といえば、私どもには雲の上の人である。

カミさんが私をつついた。ふり返ると、そっと紙幣を私に手渡してよこす。まさか無料で案内を願うわけにいかない。ほんの気持ちを喜捨しよう、というのである。

私はうなずいたが、お金をむきだしで渡すのも失礼である。包み紙になるものはないか、と聞いた。カミさんが、頭を横にふる。

私ども、カバンやバッグを、車に置いてきてしまったのだ。車は先まわりして竹林寺の山門前に待っている。

こまった。ポケットには、チリ紙しかない。チリ紙に包んで差しだすのも気がひける。受け取る方だって、いい気分はしまい。さあ、何かいい方法はないか。

住職の丁重な説明も、もはや上の空である。

いつだったかの台風で、本堂の屋根が飛ばされたそうである。本堂というのは、立派な、とてつもなく大きな建物である。その屋根が宙に浮いたというのだから、どれほどすごい台風であったか、想像もつかない。

一同、声もなく、本堂の屋根に目をやった。再建された屋根である。

ふと足もとを見ると、何の葉っぱか、緑色の名刺大の落ち葉がころがっている。つまみあげると、日ざしの熱さで柔らかい。私は小さく折りたたんだ紙幣を、その葉で柏もちのようにくるんだ。皆は屋根に気をとられている。何か大変気のきいた包装紙のように思われた。私はご住職に差しだした。ご住職が合掌して受け取った。私ども夫婦は、ホッとした。

あれは、何の木の葉だったろう。住職も本当は驚いたのでないか。私どもは狐と思われたのでないか。小説には木の葉のことは書かなかったが、その折見つけた萩を描写した。

「暑さも盛りであったが、参道の石畳の両側には、秋の七草の萩が、白いつぼみをつけていた。(略)行基開創の古刹《こさつ》には、どこよりも早く初秋の気配があった。」(「面一本」)

日蔭の花

ホトトギス

ホトトギス、と聞いて、花の名を思い浮かべる人は少ないだろう。鳥の名でなく、花だ、と答えた方は、よほどの花好きに違いない。

二十年も昔になる。古本屋の私は、老婦人に本を引き取ってほしい、と頼まれて、自宅にうかがった。

古い家に、老婦人は一人で住んでおられた。出された本は、すべて彼女の読み古した小説ばかりで、特に珍しい物はない。十数年前に亡くなられたご主人は学者という話だったが、故人の蔵書は、すでに整理されたらしい。

庭には色とりどりの菊が咲きほこっていた。亡きご主人の好きな花ということだった。

「本屋さんは花がお好きかしら?」と聞かれた。好きなら、菊の苗をわけてあげよう、と言う。

花は好きだが、植える庭がない、と私は苦笑しながら答えた。

「それに私の庭は北向きでして、一日中、太陽が当らないのです。ですから花を育てることができないんです」

「あら。でも花にもいろいろあって、陽当りのよくない場所でも立派に育ち、美しい色を咲かせるものもありますよ」

たとえばホトトギス、とその名を教えられた。そして実物を見せて下さった。

裏庭に案内された。椎の大木の下に離れ家があり、家のかげに、ひっそりと咲いていた。山ゆりを、うんと縮めたような花である。葉は笹に似ていた。椎の枝で陽がさえぎられ、昼日中というのに、暗くじめじめした場所であった。

「水を切らさぬよう気をつければ、こんな風に花をつけますよ」老婦人が言った。

離れ家の戸が開け放され、六畳の座敷が見えた。座敷の奥に書棚があり、古い書物がぎっしりとつまっている。あれはお売りにならないのですか、と聞くと、主人が晩年とても大事にしていた本なので、あれだけは処分したくない、と言った。

「自分の命が長くないと知ると、主人はこの離れ家に閉じこもり、人と会わなくなりました。すっかり人ぎらいになりましてね」と話した。

「それまでの主人は菊が大好きだったのに、見向きもしなくなり、このホトトギスを愛するようになったのです」

理由はわからない、と寂しそうにほほえんだ。書物がムレて傷むといけないので、天気のよい日は離れ家の戸を全部開けて、風をいれていると言った。

「この花が咲き終ったころ、主人も……」と言葉をにごした。

気に入ったなら苗を差しあげる、と勧められたが、遠慮した。亡き人に申しわけない気がしたからである。

バブルはなやかなりし頃、老婦人の家はとりこわされた。豪邸が建つというう わさだったが、さら地のままだ。あのホトトギスを知る者は、もはや、いないだろう。

187　日蔭の花

金欠の花

錦鶏菊

独身時代、無茶なほど遊んでばかりいた。

月末になると、ニッチもサッチもいかなくなった。食べるのはなんとか間に合わせられたが、弱ったのは下宿代である。

大家さんが厳しい人で、待ってくれない。

毎月二十八日に、必ず支払うこと、という一札をあらかじめ入れていたので、言い訳は通用しない。

万策尽きて、窮余のすえ、人にすがることにした。東京の郊外に、知りあいが住んでいる。私よりずっと年上の方で、私は何かと目をかけられていた。こまったことが出来たら、遠慮なく相談なさい、と日頃言われていたが、いろんな相談には遠慮せずのってもらっていたけれど、金だけは、さすがにただの一度も無心したことはない。金の相談は縁の切れ目となる、と思いこんでいたからである。

しかし、そうも言っていられなくなった。気の重いことであったが、私は先方にうかがいたいむね電話をした。用件は述べなかった。急になつかしくなって、といささか、しどろもどろに弁解した。二十七日の日曜日である。

道々、どうやって借金を切りだそうか、口実に苦しんだ。下宿代が払えない、では深刻な理由と思われないのでないか。いや、理由より、返済の当てを、まず相手に説明し安心させた方がよい。それはどのように話そうか。

私はあれこれと、作り話を頭の中で練りながら、心重く先方の玄関のチャイムを鳴らしたのである。

昼すぎの時間であったが、あいさつをすませたとたん、いきなりお酒が運ばれた。相手は決して酒好きの方ではない。私がけげんがると、

「いや。喜ばしいことがあってね。まあ、つきあって下さい」と勧める。

「喜びごととおっしゃいますと、何ですか？」

こちらは喜びごとどころではない。

「いや。大したことじゃないんだが、宝くじがね、当ったんだ」

「はあ？」

うまいことやったな、と私はうらやましかった。

「いや、なに。一等じゃない。賞金十万円の当りだ。まぐれ当りさ。まあ飲んでくれ」

「いただきます」

なんだか借金の話を切りだしやすくなった。私は頃あいを見て、打ちあけた。いっそ本当の理由を話した。案ずるより産むがやすし、即座に承諾を得た。

あとで知ったが、相手は私の用件を電話の声で、すでに察していたのである。宝くじの話は、相手の作りごとであった。私に気を遣わせまいとして、うそをついたのである。

金策も出来て安心した私は、遠慮なく飲んだ。窓の向うに川原が見え、黄金色の花がびっしりと咲いている。何の花かと問うと、「キンケイギクだよ」と教えてくれた。その時の私はそれをキンケツギクと聞いたのである。皮肉られたように思い、身の置き場がなかった。

私の苦境を救ってくれた恩人も、先年亡くなられた。

191　金欠の花

出花

茶の木

京都のある寺でのことである。

大勢の拝観人にまじって、本堂を見て歩いていた。

座敷の床の間に、寺らしく茶の花が生けられていた。白い花弁に、黄色い、あれは何と呼ぶのか、房のようなものが群らがっていて、緑の艶やかな葉と、この三つの色が非常に美しく合っている。清楚な美しさである。

薄暗い床の間に、ふさわしい。

私の傍らの若いカップルが、「何の花だろう?」と首をかしげている。私は聞かれたわけでなかったが、教えてやった。

「茶、というと、あの、お茶の茶ですか?」

女性の方が目を丸くした。

「へえ。お茶って、あれは木なんですか」と驚いている。

都会育ちの人は見たことがないだろうから、無理もない。お茶どころか、私の知人で、つい先ごろまで、お米と稲が別のものだと思っていた者さえいる。それじゃ米は何と思っていたかというと、果実の種と信じていたらしい。

「茶の花だとすると、出花というんですね?」

カップルの男の方が、私に言った。

なんの意味か、ととまどっていると、

「番茶も出花というじゃないですか」

「なるほど」ことわざ、である。

私はシャレだと思い笑いだしたが、若者はそのつもりで言ったのではないらしい。本当に、そういう名称だと思っていたらしいのである。あえて訂正するほどのことでもないので、私はシャレとして受け取っておいた。シャレとすれば、わりあい上等の部類である。

私が生まれ育ったいなかの家の前が、茶畑だった。秋になると白い花が咲いて、なかなかの眺めだった。

茶摘みの季節には、朝から数人の女性がやってきて、談笑しながら、にぎやかに葉を摘んでいた。昼になると、車座になり、大きなおにぎりを頬ばっている。

子供の私は、そのおにぎりがうらやましくて、指をくわえながら眺めていた。

ある時、目の大きな娘が、わが家に、水をもらいにきた。ヤカンに汲んでやると、お礼だと言って、おにぎりを一つくれた。塩むすびである。割ると、中に切りコンブの佃煮が入っていた。あんな美味なおにぎりは食べたことがない。

翌日も期待していたが、娘は来なかった。私はわざわざヤカンに入れて、昼食中の彼女らの所に運んでいった。

「あら？　××さん（娘の名）の恋人がおでましだよ」と中の一人が、ひやかした。

「いやあねえ」目の大きな娘が、心もち顔を赤らめ、私におにぎりを差し出した。

あとで母から聞いたが、その人は縁遠い人だったらしい。仲間のひやかしは、多少、毒を含んでいたわけだ。

私のいなかでは、晩熟《おくて》の人を「茶の実」と称する。茶は花が咲いて一年後に、実をつけるからである。

195　出花

茶柱ぞ　シクラメン

「シクラメンのかほり」という歌が流行したころである。

新しものずきの友人が、見事なこれの鉢を買ってきて、自慢したものだった。

「面白い花だぞ。首をたれていたツボミが、ある日、突然、首をもたげて、まっすぐに伸びたと思うと花を開いている」そう説明した。

「一体いつ開くのか不思議でね。よし、開く瞬間を見てやろうと、朝からずっと鉢をにらんでいた」

「で、うまく目撃したか？」

「なんかこう茎が動いたような気がした」

「おっ」と聞いている方は身を乗りだした。

「いよいよ、だな、と目を皿のようにし、息を詰めてにらんだ」

「うん」

「その時だ。宅配便がきた」

「なんだ？」

「荷を受け取って、急いで戻ると、遅かった」

「咲いていたのか。なあんだ」

「してやったり、と言うように、こんな大きな花を開いているのさ。シクラメンて、いたずらな花だぜ。大体あの開いているところは、笑っているみたいに見えるじゃないか。大笑いしているように」

陽気な感じがするから好かれるのだろう。私もこの花は大好きである。

過日、近所の知りあいから、妙なことを頼まれた。むすこに激励の言葉をいただけないか、と言うのである。

むすこさんは来年高校を受験するそうで、毎日遅くまで勉強している。ところが夏風邪をひいて、それがなかなか治らない。鼻汁がむやみに流れる。熱はないし、風邪でないかも知れぬ、と耳鼻科の先生にみてもらったら、急性副鼻腔炎ということだった。大分こじらせていて、気長に治療するしかない。

友人たちが、蓄膿症だと、はやす。本人も気にして、めっきりひっこみ思案になった。自分は病気のせいで頭が悪くなった。鼻汁は止まらないし、女友達に会わす顔がない、とノイローゼ気味である。

そんなむすこを、なんとか力づけていただけまいか、というのである。私が少年時代、蓄膿症で悩んだ話を雑誌に書いた、それを読んだのである。

私はひきうけはしたが、励ましの言葉に迷った。病気にある者を奮いたたせるのは、むずかしい。考えあぐねたすえ、自作の即興句を色紙に記し、それを差しあげた。

「茶柱ぞ　暑さ寒さも彼岸まで」という句である。要するに、いやなことは長続きしない、吉事到来は間近だ、という意味である。

先ごろ、その知りあいから、大ぶりのシクラメンひと鉢が届けられた。お礼だという。まっかな、実にたくましい花びらである。首をたれていたつぼみが、翌日は元気に直立して花を開いている。この花はむしろ私がむすこさんに贈るべきだったかも知れない、と思った。へたな句で恥をかくより、よほど気のきいた激励だったろう。

葉っぱ花

ポインセチア

老母の足が弱って、部屋にこもりきりになった。楽しみは、テレビだけ。ぼけられたら、こまる。日常に変化をもたせるべく、年中行事をすべて行うことにした。

雛祭、端午の節句、七夕、盆、月見、などである。

クリスマスも、おこなった。クリスマスツリーを飾り、ケーキを食べる。もっとも老母は、飾りつけより、ごちそうの方を喜んだようである。

甥《おい》が顔を出した。彼はみやげに、まっかなポインセチアの鉢を提げてきた。クリスマスフラワーともいわれる花で、まことにタイミングの良い手みやげであった。

「いや花屋さんにこの花しかないんだよ」甥が笑った。「クリスマスだと知らなかった。花屋さんはさすが商売だね。クリスマスをあてこんで、これ一色なんだ」

「ずいぶん大きな花びらだねえ」老母が目を細める。

「これは葉だよ。花はこのまん中の黄色」と甥が教える。

「えっ。するとこの緑はなんだい？」

「葉っぱだよ。この緑の葉が赤く染まるのさ」

「奇妙な花だねえ」と感心する。

「ボイン、なんていったっけ？」

「ポインセチア。言ってごらん」と私。

「ボインセツ」

何度教えても、正しく発音できない。私たちは大笑いしたが、笑いごとですまないことが起きた。

知人に節子さんという女性がおり、わが家に遊びにきた折、母がポインセチアを自慢した。例によっての発音である。節子さんは、ポインセチアのように、まっかになった。

そう言ってはなんだが、節子さんは「ボイン」の胸をしているのである。

「この大きなのは葉なんですってよ」と母は盛んに、大きな、を連発する。あげくに、ボインセツ、である。

節子さんは気を悪くしたらしく、顔を見せなくなった。

どうせ正しい発音はできない。母は昔人間だから、カタカナ語に弱い。それならいっそ、別の呼び名にかえてしまおう。

植物辞典で調べると、別名をショウジョウボク、またはクリスマスフラワー、とある。前者は舌がまわらぬし、これこそ誤解される発音になりかねない。後者も長たらしくて言いづらい。クリスマス、と言うのさえ、母はたどたどしいのだ。

何かいい名はないか。勝手に作ってしまおう、となった。

終日、観察しながら考えたが、どうもよい名が浮かばない。老母の言いやすい名前、という制約があるから、むずかしいのである。

ようやく不満足ながら思いついた名が、葉っぱ花。

なんだか妙な名だが、今ではポインセチアらしい命名だと悦に入っている。何より老母が喜んでいる。

203　葉っぱ花

エビス顔　万両

知人のご母堂が、数えで百歳を迎えられた。

その内輪の祝いが、某日、ご自宅であり、私も招かれた。なにしろ、めでたい。喜んで出かけた。先客が七、八人、すでによい心地に出来あがっている。

部屋には、千両と万両の見事な鉢が飾られていた。母堂が丹精されている植木とのことだった。赤い実が、鈴なりについている。

「こうして並べてみると、千両と万両の違いがよくわかりますね」客の一人が言った。

なるほど、どちらもそっくりだが、まず葉が違う。ノコギリ歯のにぶい方が万両で、鋭い方が千両である。そして実は万両は下向きについているが、千両は上を向いている。

「花は夏ごろ咲くが、花も違いますよ」ご母堂が言った。

万両は白、千両は緑の小花だそうだ。

ご母堂が記念にと、自筆の色紙を、一人一人に下さった。花がお好きな人だけに、趣味も多彩で、句や歌を作り、書をたしなむ。長寿の秘訣は、何事もしゃれのめして楽しむことだそうだ。

色紙には、自作の都々逸が記されてあった。

「鶴は千年亀は万年　わたしゃお吉《きち》で年は百」

お吉さん、という、めでたい名前なのである。

実は昨年もこれと同じ文句の色紙を、私はいただいている。年齢だけ違う。昨年は「わたしゃお吉で九十九」であった。来年は、「百一歳」となる。

ご母堂の色紙がきっかけとなり、皆で千両万両を詠みこんだ都々逸をこしらえてみよう、と盛りあがった。酔余の、座興である。

こんな歌が、次々に出た。

「千両万両こがねの家に　花も実もあるこの家族」

い。

「千両万両もめでたいけれど　百の親御はまず得がたい」

「千両万両とめでたい花に　めでたい男の花が咲く」

なんだ、おれのことか、と主人が苦笑した。めでたい男はひどいよ、で一同大笑い。

「千両万両咲かせた中に　花の笑顔の百万両」という歌を披露した者が、

「いや、待てよ。千両万両咲かせた上に　百万両の笑い顔、がいいかな」と言った。

「百万両の笑顔は利いているねえ」

「花の笑顔と花をつけたところがミソだね」と皆がほめたてた。

「百万両の百の顔、はどうだろう」別の一人が、おずおずと提案した。

「なるほど。百の顔はお母さんのことだね。それがいい」と作者が賛成した。

秀逸と一同に認められたのは、次の作品である。

「右に千両　左に万両　愛《め》でる一家のエビス顔」

何しろ、めでたい。作者は残念ながら、私ではない。

思い出の庭――あとがき

わが家の「庭」には、現在、赤とピンクのシクラメンが咲きほこっている。庭、というのは、二階六畳間の出窓のことである。十坪に満たぬ敷地ゆえ、本当の庭は、ない。出窓に花鉢を並べて、楽しんでいる。鉢を飾る場所だから、庭と称しているのであって、人に迷惑をかけない限り、何と言おうと構うまい。

昔、私の友人は、自分の下宿先を知らせるに、「何々方《かた》」と書かずに、「何々屋敷内」としていた。どんなあばらやであろうと、屋敷には間違いない。屋敷と聞いて、大邸宅を思い浮かべる方が、そそっかしいのである。

けれども、出窓を庭と称する気持ちの中には、庭への願望が大いにある。広い庭が、ほしい。そこには自分の好きな樹木を植え、花壇を作って四季の花を咲かせたい。

花は何でも好きだが、木には好みがある。最も好きな木は、柿である。甘柿でなく、渋柿がよい。柿は若葉がよく、花も美しく、青い果実も愛らしく、熟して風情があり、紅葉《こうよう》また得も言えぬ。冬の裸木も味がある。一年中、楽しめるのである。

私が生まれ育った田舎の家の周囲に、何本かあった。あるとき、私はその一本に登ってみた。柿の枝は折れやすい。慎重に登ったのである。当り前だが、自分の家の中が、よく見通せる。この柿は毎日こんな風に、わが家を見ているのだな、と何かとてつもないことを発見したように、うなずいたものだった。それ以来、時々、家の中から柿の木に向って、手を振ったりしていたのである。

上京する前日、私は幹をなでながら、別れを告げた。家族の一員のような気がしていたのだった。あれから三十数年になる。再会の折もないが、たぶん達者でいることだろう。別にどうということのない柿の木であるが、ふと思いだしたら、私の思い出の庭園には、他にも実にさまざまの草花や木の花が咲いているのだった。それらの花をながめている私は、子供だったり青年だったり、失意の時、または有頂天の最中と、これまた、いろいろな時代や場所での私である。花を思い出すと、必ずそこに昔の私の姿がある。花と、人の生活は密着している、と改めて驚かされた。

本書はそういう次第で、私の心にある庭の花を語っている。とりもなおさず私の来し方の記録である。花は美しいが、見ている私の方は決してそうではない。

川柳作家の時実新子さんに、「妻をころしてゆらりゆらりと訪ね来《こ》よ」という有名な句がある。花ゆさりゆさりあなたを殺そうか」という句もある。

書名は、それらからイメージした。花を見る側には、ゾッとするようなドラマがある。花はそ知らぬふりして美しく咲いているのであるけれど。

「私の花言葉」のタイトルで連載を勧めて下さった竹書房の辻井清さんに感謝する。私のイメージ通りの花の絵を描いて下さった佐野有子さんにも多謝。一冊にまとめて下さった筑摩書房の青木真次さんにも、また。

およそ五十種の花が、色とりどり、いっせいに開いて、わが家の小さな「庭」は、今や、春たけなわである。

出久根達郎

この作品は一九九八年四月、筑摩書房より刊行された。

禁酒宣言　上林暁／坪内祐三編

宿酔と悔恨を何度くり返しても止められぬ酒……。女将の優しい一言への勘ちがい……。私小説作家の凄絶で滑稽な酒呑み小説集。

せどり男爵数奇譚　梶山季之

せどり＝掘り出し物の古書を安く買って高く転売することを業とすること。古書の世界に魅入られた人々を描く傑作ミステリー。（永江朗）

岡本綺堂集　青蛙堂鬼談　岡本綺堂／日下三蔵編

江戸情緒が残る明治を舞台に、人々の心の闇に宿った恐るべき話や、愛情ゆえに現世に未練を残した哀しい話の数々が語られる。

横溝正史集　面影双紙　横溝正史／日下三蔵編

血縁・地縁に縛られた日本の風土のなかで、人々の愛憎・復讐・怨念がひきおこす惨劇。人間の心の奥底に眠る恐怖を描いた傑作集！

久生十蘭集　ハムレット　久生十蘭／日下三蔵編

異常なまでの熱意と博学で自らの作品を彫琢した類まれな作家の傑作選。「黒い手帳」「海豹島」「ハムレット」とその原型「刺客」等14作品収録。

城昌幸集　みすてりい　城昌幸／日下三蔵編

ショートショートの先駆者であり、江戸川乱歩をして「人生の怪奇を宝石のように拾い歩く詩人」と言わしめた城昌幸の魅力を網羅した一冊。

海野十三集　三人の双生児　海野十三／日下三蔵編

超音波、テレヴィジョン――モダン科学を駆使した奇ッ怪な事件に帝都震撼！　昭和の科学小僧を熱狂させた日本SFの父・海野十三の世界。

コラムにご用心　小林信彦

黒澤明、上岡龍太郎、とんねるず、ウディ・アレン……。映画からTV、ラジオまで、旬の芸を鮮やかな筆致で論じたコラム集。（吉川潮）

私説東京放浪記　小林信彦

バブル経済崩壊の傷跡残る都心部から東京ディズニーランドまで――。21世紀目前の東京を歩いて綴ったエッセイ。挿画・小林泰彦。（枝川公一）

映画を夢みて　小林信彦

J・フォード、マルクス兄弟、ルビッチ等にいち早く注目。豊かな知識と深い洞察力に裏打ちされた映画評論、三十年の集大成。（瀬戸川猛資）

少年の観た〈聖戦〉 小林信彦

下町での生活、日米開戦、集団疎開、そして敗戦。戦争下で観た映画の数々。一人の子供の成長のドキュメントともうひとつの映画史。（泉麻人）

実用 青春俳句講座 小林恭二

現代人にとって、俳句の面白さはその謎めいたところにある。俳句との出会いを綴った表題作他〝俳句という遊び〟を満喫する好著。（荻原裕幸）

ふるさと隅田川 幸田文 金井景子編

水に育まれ、人生の節目に水音をいつも身近に聴きながら、その計り知れない力の様態を問い続けた幸田文。「水の風景」を主としたアンソロジー。

クラクラ日記 坂口三千代

戦後文壇を華やかに彩った無頼派の雄・坂口安吾との、嵐のような生活を妻の座から愛と悲しみをもって描く回想記。（巻末エッセイ＝松本清張）

英語で読む 桜の森の満開の下（対訳版） 坂口安吾 ロジャー・パルバース訳

「安吾こそ洗練された鋭いアイロニーのセンスを教えてくれた……」満を持して贈る、繊細流麗な翻訳。名作を英語で読んでみよう。訳者解説付。

まどさん 阪田寛夫

童謡「ぞうさん」「やぎさんゆうびん」の詩人・まどみちお。詩人の奥深い魂の遍歴を追い求め、限りなく優しい詩の秘密を解き明かす感動の書。（谷悦子）

妊娠小説 斎藤美奈子

『舞姫』から『風の歌を聴け』まで、望まれない妊娠を扱った一大小説ジャンルが存在している――意表をついた指摘の処女評論。（金井景子）

富士に立つ影1 白井喬二

文化二年、富士の裾野の築城問答。村人たちに人気もあり、優勢に見られた佐藤菊之助は、熊木伯典の老獪な奸計にはまり敗れる。（出久根達郎）

富士に立つ影2 白井喬二

熊木伯典出生の秘密を探るためお染、お藤主従は江戸へ。追う伯典。江戸を舞台に大きく転回するそれぞれの運命。（池内紀）

富士に立つ影3 白井喬二

熊木伯典の子公太郎。父に似ず明朗で純真無垢な自然児だが、いつも失敗ばかりをくり返す。公太郎の運命に投影する父の行状。（縄田一男）

富士に立つ影4　白井喬二

日光霊城審議。今ふたたび佐藤熊木両家の対決が始まる。才気煥発な佐藤兵之助に対するおおらかな熊木公太郎。勝敗は如何。（井家上隆幸）

富士に立つ影5　白井喬二

霊城審議に敗れた熊木家。気落ちする父伯典をよそに、娘お園はある計画を持って佐藤兵之助に近づくが……。（鷲田小弥太）

富士に立つ影6　白井喬二

二十数年前の築城問答の真相を探るため、舞台は再び富士の裾野へ。鍵を握る花火師美濃屋竜吉の調印状は誰の手に……。（山室恭子）

富士に立つ影7　白井喬二

幕府調練隊隊長佐藤兵之助、昌平校武技師範熊木公太郎、三度目の対決。佐藤熊木両家の確執に決着の時が迫る！（北上次郎）

富士に立つ影8　白井喬二

時は幕末、風雲急を告げる乱世を背景に、築城家両家の対決は三代目へ。両家の血を引く人物も絡んで物語は新たな展開へ。（童門冬二）

富士に立つ影9　白井喬二

父の仇、佐藤兵之助を探し続ける熊木城太郎はひょんなことから浪士団に入るが、そこの副長は仇の息子佐藤光之助だった……。（関口苑生）

富士に立つ影10　白井喬二

三代にわたる築城家両門の闘いは、文明開化の足音と共に終わりをつげようとしていた……大衆文芸史上の最高傑作、遂に完結。（横田寿子）

太宰治のことば　太宰治　野原一夫編

くり返し太宰治の作品を読み続けてきた編者が丁寧なコメントを付して編む珠玉のアンソロジー。常に自己を語っていた太宰の声が聴こえる一冊。

太宰治 生涯と文学　野原一夫

太宰治が山崎富栄と玉川上水に入水してから五十年、今なお光を放ちつづける全作品を読み直し、その生涯をたどる、太宰治入門の決定版。

美食倶楽部　谷崎潤一郎大正作品集　種村季弘編

表題作をはじめ耽美と猟奇、幻想と狂気……官能的な文体によるミステリアスなストーリーの数々。大正期谷崎文学の初の文庫化。種村季弘編で贈る。

性分でねん　田辺聖子

あわれにもおかしい人生のさまざま、また書物の愉しみのあれこれ。硬軟自在の名手、お聖さんの切口がますます冴えるエッセー。（氷室冴子）

蝶花嬉遊図　田辺聖子

妻子ある五十男と同棲する浅野モリ三十三歳。愛の喜びを知った二人に忍び寄る不安。田辺文学のエッセンスの詰まった恋愛小説。（川上弘美）

春情蛸の足　田辺聖子

高級なモンが食べたいンやない。好きな異性と顔寄せて好物を食べたい……人生練れてきた年頃の男の切なさを描く連作小説集。（わかぎゑふ）

山頭火句集　種田山頭火　村上護編／小崎侃画

自選句集「草木塔」を中心に、その境涯を象徴する随筆も精選収録し、〃行乞流転〃の俳人の全容を伝える一巻選集！（村上護）

作家の風貌　田沼武能

日本文学史上を彩る谷崎潤一郎から渡辺淳一まで70人の巨匠たち。その風貌と全身から放たれる強烈な個性を、写真界の第一人者のレンズが捉える。

戦後詩　寺山修司

詩は本来、人生の隣にあるもっと直接的なコミュニケーションの手段ではなかったか。その本質に立ち戻るための意欲的な試み。（荒川洋治）

手塚治虫小説集　手塚治虫

マンガの神様は小説家でもあった。稀有な想像力が生んだSF、シニカルなショート・ショート、アトムのシナリオなどを収める。（眉村卓）

バカな役者め!!　殿山泰司

ジグザグと人生の裏街道を歩き出会った人との、さまざまな人間模様をあふれんばかりの熱気と破天荒さで描く自伝的小説集。（大村彦次郎）

こころ　夏目漱石

友を死に追いやった「罪の意識」によって、ついには人間不信にいたる悲惨な心の暗部を描いた傑作。詳しく利用しやすい語注付。（小森陽一）

火の車板前帖　橋本千代吉

詩人・草野心平の開いた飲み屋「火の車」。文士、学者、出版社主入り乱れての乱酔はこの世のものとも思えぬ。昔の大人は凄かった。（宗左近）

三島由紀夫レター教室　三島由紀夫
5人の登場人物が巻き起こす様々な出来事を手紙で綴る。恋の告白・借金の申し込み・見舞状等、一風変ったユニークな文例集。（群ようこ）

肉体の学校　三島由紀夫
裕福な生活を謳歌している3人の離婚成金。〝年増園〟の例会はもっぱら男の品定め。そんな一人がニヒルで美形のゲイ・ボーイに惚れこみ……（群ようこ）

愛の疾走　三島由紀夫
小説の題は決まったが、中身は未定（!?）。若き男女二人の恋愛を題材に、笑いあり涙ありの、作者に珍しい〝小説中小説〟。（清水義範）

反貞女大学　三島由紀夫
魅力的な反貞女となるためのとっておきの16講義（表題作）と、三島が男の本質を明かす「第一の性」収録。（田中美代子）

私の遍歴時代　三島由紀夫
あの衝撃的な事件は起こるべくして起きた？　作家・三島の原点を示し、行動の源を培ったものは？　自らを語ったエッセイ十六篇を収録。（田中美代子）

新恋愛講座　三島由紀夫
恋愛とは？　西洋との比較から具体的な技巧まで懇切丁寧に説いた表題作、「おわりの美学」「若きサムライのために」を収める。（田中美代子）

外遊日記　三島由紀夫
アメリカ、スペインなどを訪れた際の見聞録、紀行文、観劇記からなる『旅の絵本』など外国旅行が不自由な時代の旅日記。（田中美代子）

芸術断想　三島由紀夫
能、歌舞伎、映画など芸術全般について鋭く考察した「芸術断想」、自ら主演した〝憂国〟の「製作意図及び経過」など35篇。（田中美代子）

幸福号出帆　三島由紀夫
密輸に手を染め、外国へ高飛びする混血の美青年敏夫と三津子。二人の幸福号とは？　恋とスリルとサスペンスに満ちた痛快小説。（鹿島茂）

三島由紀夫のフランス文学講座　三島由紀夫　鹿島茂編
ラディゲ、ラシーヌ、バルザック……を〝戦後最高の批評家〟三島はどう読んだか？　作家別、テーマ別に編むフランス文学論。文庫オリジナル。

命売ります　三島由紀夫

自殺に失敗し、「命売ります。お好きな目的にお使い下さい」という突飛な広告を出した男のもとに、現われたのは？　（種村季弘）

三島由紀夫の美学講座　三島由紀夫　谷川渥編

美と芸術について三島は何を考えたのか。廃墟、庭園、聖セバスチァン、宗達、ダリ。「三島美学」の本質を知る文庫オリジナル。

百合子さんは何色　村松友視

泰淳夫人の色、詩人の色、秘密の色……秀れた文業を残し逝った武田百合子の生涯を鎮魂の思いをこめて描く傑作評伝。　（高樹のぶ子）

夢の始末書　村松友視

武田泰淳、吉行淳之介、野坂昭如……。「作家とのライブという非日常」を味わい尽した著者が夢の時間をあざやかに再現する。　（常盤新平）

英国に就て　吉田健一

故吉田健一氏ほど奥深い英国の魅力を識る人は少ない。英国の文化・生活・食物飲物など様々な面からの思いのたけを語る好著。　（小野寺健）

新編 **酒に呑まれた頭**　吉田健一

旅と食べもの、そして酒をめぐる気品とユーモアの名文のかずかず。好評『英国に就て』につづく含蓄のあるエッセイ第二弾。　（清水徹）

古書狩り　横田順彌

古書のためなら人殺しもする……。本に取り憑かれた人たちの、不思議で鬼気迫る虚々実々の九つのストーリー。　（長山靖生）

猟奇文学館1 **監禁淫楽**　七北数人編

いとしい人を永遠に自分のものにしたい――猟奇人間たちの心の闇に迫る禁断のアンソロジー。皆川博子、小池真理子、篠田節子ら8篇を収録。

猟奇文学館2 **人獣怪婚**　七北数人編

えたいの知れない化け物――情欲に身を浸した人と獣との壮絶な恋。異類婚姻譚の現代版傑作短篇集。眉村卓、勝目梓、中勘助ら12篇収録。

猟奇文学館3 **人肉嗜食**　七北数人編

禁断の世界に魅入られた猟奇人間の狂気と悦楽。夢枕獏、筒井康隆、高橋克彦、宇能鴻一郎、村山槐多、中島敦ら、カニバリズム小説11篇を収録。

芥川龍之介全集（全8巻）　芥川龍之介

確かな不安を漠然とした希望の中に生きた芥川の全貌。名手の名をほしいままにした短篇から、日記、随筆、紀行文までを収める。

梶井基次郎全集（全1巻）　梶井基次郎

「檸檬」「泥濘」「桜の樹の下には」「交尾」をはじめ、習作・遺稿を全て収録し、梶井文学の全貌を伝える。一巻に収めた初の文庫版全集。（高橋英夫）

坂口安吾全集（全18巻）　坂口安吾

時代を超え、常に人間の根源に向って問いを発してやまない安吾文学をオリジナル版で体系化し、その全容を集大成して贈る。

太宰治全集（全10巻）　太宰治

第一創作集『晩年』から『人間失格』、さらに『もの思う葦』ほか随想集も含め、清新な装幀でおくる待望の文庫版全集。

夏目漱石全集（全10巻）　夏目漱石

時間を超えて読みつがれる最大の国民文学を、10冊に集成して贈る画期的な文庫版全集。全小説及び小品、評論に詳細な注・解説を付す。

中島敦全集1（全3巻）　中島敦

生前刊行の第一創作集に準拠しつつ、「古譚」「斗南先生」「虎狩」「光と風と夢」の他、一高時代の習作六篇、歌稿漢詩等を収める。

大菩薩峠（全20巻）　中里介山

雄渾無比／流転果てない人間の運命を描く時代小説の最高峰。前巻までのあらすじと登場人物を各巻の巻頭に。年表と分かりやすい地図付き。

宮沢賢治全集（全10巻）　宮沢賢治

『春と修羅』、『注文の多い料理店』はじめ、賢治の全作品及び異稿を、綿密な校訂と定評ある本文によって贈る話題の文庫版全集。書簡など2巻増巻。

山田風太郎明治小説全集（全14巻）　山田風太郎

これは事実なのか？　フィクションか？　歴史上の人物と虚構の人物が明治の東京を舞台に繰り広げる奇想天外な物語。かつ新時代の裏面史。

夢野久作全集（全11巻）　夢野久作

小説・ルポ・童話・エッセイなど、多彩な作品群を新しいテキストと新たな校訂により編成した破天荒な天才作家の文庫版全集。

ちくま文庫

花ゆらゆら

二〇〇一年十月十日　第一刷発行

著者　出久根達郎（でくね・たつろう）
発行者　菊池明郎
発行所　株式会社　筑摩書房
東京都台東区蔵前二―五―三　〒一一一―八七五五
振替〇〇一六〇―八―四一二三
装幀者　安野光雅
印刷所　株式会社精興社
製本所　株式会社鈴木製本所

ちくま文庫の定価はカバーに表示してあります。
乱丁・落丁本及びお問い合わせは左記へお願いいたします。
筑摩書房サービスセンター
埼玉県さいたま市櫛引町二―六〇四　〒三三一―八五〇七
電話番号　〇四八―六五一―〇〇五三

ISBN4-480-03672-5 C0195